海龙囤

姚辉 著

孔學堂書局

图书在版编目（CIP）数据

海龙囤 / 姚辉著. — 贵阳：孔学堂书局，2021.12
ISBN 978-7-80770-307-5

Ⅰ．①海… Ⅱ．①姚… Ⅲ．①诗集－中国－当代
Ⅳ．① I227

中国版本图书馆 CIP 数据核字（2021）第 191888 号

海 龙 囤　姚　辉◎著

HAILONGTUN

责任编辑：张发贤　罗丽娟
特约编辑：刘　锋
版式设计：任贤贤
内文插图：杨　凭
责任印制：张　莹

出　　品：贵州日报当代融媒体集团
出版发行：孔学堂书局
地　　址：贵阳市云岩区宝山北路 372 号
印　　制：天津行知印刷有限公司
开　　本：880mm×1230mm　1/32
字　　数：110 千字
印　　张：5.75
版　　次：2021 年 12 月第 1 版
印　　次：2021 年 12 月第 1 次
书　　号：ISBN 978-7-80770-307-5
定　　价：45.00 元

目　录

长诗的续脉与眺望

梦亦非

2020年冬天，在张家港，庞培策划的杨键与雪松的书画展上，我在喝得酩酊之际，建议姚辉兄将他写作了三年多的长诗《海龙囤》出单行本。回来后没多久，姚辉兄确定了出版事宜，约请我为这长诗写篇序言。

姚辉兄吩咐的事，令我荣幸，亦令我忐忑，前思后想，徘徊数月，终下决心作文记之。

2018年，我曾在我的故乡——黔南的"群峰之上"诗歌民宿，为姚辉兄举办过"东山雅集 姚辉集"，后来一直关照此诗写作的进程，复建议此长诗出版，也许暗示了我对姚辉兄的写作的认同与期待。我与姚辉是数十年老友，我见证了他的写作生涯，因为诗歌，我们一直把酒言欢，互相激励。

《海龙囤》的问世，是贵州长诗史上的一个重要事件——我一向如此认定。

贵州高原上的诗人们，对长诗情有独钟，似乎每个诗人不写作长诗不足以表明自己配得上高原雄浑的气势，李发模的《呼声》、黄翔的《火神交响诗》、哑默的《飘散的土地》、吴若海的《梦幻交响曲》、唐亚平的《黑色沙漠》、梦亦非的《苍凉归途》、西楚的《桃花七杀》、黄漠沙的《都柳江河谷》……举不胜举，每个贵州重要的诗人身上，都有长诗的冲动以及史诗的抱负。在这个高原的长诗大传统之中，姚辉的《海龙囤》，既是对传统的续脉，亦是对长诗写作的新的眺望。

海龙囤作为旧军事遗址，高踞于群山之上，姚辉以它作为长诗的素材，暗自体现出比肩聂鲁达《马楚·比楚高峰》、瓦莱里《海滨墓园》的雄心与信心。

贵州长诗素来以雄浑与粗砺交辉引人注目，在《海龙囤》中，贯通全诗的是粗砺的意象、图腾化的意象：土地，马，花，暴雨，雄鸡，黑蚁，石头，姓氏，野菊，战争，囤寨，枸酱，酒，芦笙，火，关卡，风，剑，龙，山河，血，山道，雾，花朵……这些高原常见的事物，这些与生死几乎同构的事物，既是生活与历史的，也是诗性观照过的，为全诗带来几乎无法被时间所消化的硬度与锐度。

"我是回到金鼎山寺庙前的那抹朝阳／是在木鱼上刻写祷辞的手势／是娄山关重新松开的一道缓坡　是雨的／缄默　是雨送上囤寨之巅的／那几次悠久花期。"类似的诗节表现出浪漫主义的残迹，在智性写作横行的当下，在写一个传奇遗迹的长诗中，保留着浪漫主义的残迹，显然很贴切。浪漫主义在中国当下的诗歌写作中几乎绝迹了，而还能在《海龙囤》中存留，与诗人对哀歌的喜爱有关。姚辉这几十年来的写作，无不体现出哀歌的气息，当哀歌被融入高原雄奇的气势中，得到了某种程度上的激活与骨力的张扬。与浪漫主义、与哀歌相关，便必然是悲剧意识，悲剧意识带来了全诗的感染力。作为历史悲剧见证的海龙囤，最浓厚的气息便是悲剧氛围，从这个角度而言，诗人忠于了历史、现实与现场。

由浪漫主义、哀歌与悲剧，带出来全诗急速的气势，银汉从九天而落、一泻千里的气势，吞卷万物的、一层词语冲破一层词语的速度，营造出全诗的速度感，可谓气势撼人。

在这样急迫的言说中，姚辉并没有牺牲语言，相反，他试图用词语轰击、冲击词语，以露出词语的内核，激发出词语的"核能"，以及黏结出词语的团块之力，诗人抓住词，反复逼问词，榨出词的骨中之血，如姓，苍老，石头，马，叮当。诸如这样的句子比比皆是："石头守候石头。石头／寻找石头。石头　藏进／苍凉的石头。""没有一种死亡可以虚构。黎明的／死亡　被黄昏的死亡　重复／被第二种黄昏的死亡／重复　被每一种黄昏的死亡／重复……／——没有一种死亡／可以用死亡虚构。"词自身解构、自身增殖、自身打量，语言之光在这词语的"巨石堆"的滚动中轰鸣而出。

也因此，全诗表现出"以物观物"的历史视角，诗中偶尔出现的"我"也仅是一个意象，一个与抒情主体关系不大的意象。

通篇，以马观世界，以石头观石头，以石头观花，以石头观时间，以石头观空间，以物观物的冷静感，与急速倾泻的气势、浪漫的抒情，形成了富于张力的比照，在诗中，时空是被物化过的，时间体现为物，物"静止"了时间。

于是，在此长诗中，石头与马才是全诗的主角，一静一动，一冷一温，一永恒一易逝，两极构成了全诗的宇宙之维。主体退出这二维之间，在物化的时间中进行抒情型叙述，以静写动，叙述历史的变迁、悲剧的数百年延续。虽然是史诗，但表现出抒情诗的质感；虽然抒情，但从另一个维度结构出史诗的灿烂。

贵州长诗的谱系上，史诗占了一半以上的名单，在这片苍莽的高原上，姚辉以他的抒情史诗的写作，为中国当下长诗的写作贡献了传承与眺望的胸襟、骨力，以他隐含的现代性的长诗努力，证明了贵州长诗写作有着不歇的冲动。

诗的开头写道："陌生的山河／配得上这一副银饰鞍鞯"，而诗中写道："而银饰的鞍鞯刻满了累累剑痕"，我想，这大概就是历史的写照了罢，战争的历史，以及长诗的历史。

是为序。

开卷

暴雨与花

1

陌生的山河

配得上这一副银饰鞍鞯

配得上　这一茬新颖的坎坷

路　从四百多年前的血渍深处开始

逐渐延伸向山峦灰黑的牵挂

一匹马　从土粒中　缓缓浮现

让鞍鞯纯银的暗影重新

铺出血渍不懈回溯的

大地——

陌生的山河　入骨

一匹马　是山河昂起的苦痛

赤鬃烈烈　山风

烈烈　一匹马　收拾着它

被累累泥土深藏年年的骨肉

泥土也曾疼痛。泥土也曾铭记疼痛

泥土也曾让这消失过千百遍的马

在血与泪浸泡的泥土里

反复疼痛

马蹄曾掠过什么？陌生的山河　有时

也是血肉中呼啸的山河　是祖宗呵护过的

子嗣　是梦的山河……马　醒来

它是山河湮灭过的哪一部分？

马的追忆　为什么　常常会重于

一片土地命定的追忆？

为这一抔滚沸的土　马

驮起过多少种沉重的人影？

土粒黝黑　历史一样深长的黝黑

土粒转黄——

请警惕这诺言锻造出的

理应超越历史的漫长黄色

而山河依旧陌生　马的死亡

并没能够改变什么　马的复活

又能否让这黑土累叠的黄土变成

道路曲折的前景　或往昔？

2

从巨大的石影转过去　是一片

地老天荒的嫣红之花——

战栗的花。生与死的花。被脊梁

压弯的花。——凝望之花

此刻正遮没马的凝望　也许只有

花朵是熟悉的　如四百多年前

那堆燃烧的骨头。马熟悉花

攥在萼中的那份艰辛

渴盼——马熟知花朵消逝的方式

这是比夕照更为阔大的方式　赤卉

摇曳　马　在重新燃起的花香中

找到了　多少年前

那条不断弯曲的道路

巨石可以刻写多少艰难的文字？从杀戮者

嚎叫的身影开始　再到铁打的爱憎

一把长矛吱呀的缄默……巨石

可以忘却多少伤害？从马骨上的血月

到惊世的星盏　再到

河滩上干涸的足迹……而巨石

业已习惯了遗忘　刻写时间的手

腐烂在疾风中　巨石　已经让

泛黑的花影

蜷缩进一代代人

背弃过多次的史册

但你不能让这

从泥层深处苏醒的马变得

健忘　它是

刀刃之子　是花朵铺出的半爿天穹

是那个挥舞刀戟的人哽在喉间的长恸

是花朵虬曲的根　是花朵

不忍覆盖的警示——

一匹马走着　陌生的山河似曾相识

巨石的山河连接花的山河

历史的山河　压斜

痛的山河

一匹马　在历史黑色的罅隙中

坚韧地　走着……

3

那就让暴雨重新布置出山河的原状

让石头回到石头最初的位置　不筑墙

也不堆砌坟墓　让刀刃退还最早的花纹

不在灼热的骨肉中扼断自己　让马

找到自己固有的远方　而不是

血液煮沸的王朝　不是冠冕上

摇摇晃晃的硕大璎珞

让暴雨找到暴雨自身的方向　不浇灭火炬

也不侵蚀祖先牌位上尘封的慰藉　祝福

让暴雨只由雨滴构成　而不是诅咒

麻木　恨　不是备用的历史

不是总被反复涂改的浮华

苦乐

而我就站在暴雨浇筑的山峦上　暴雨如诉

我看见了在暴雨中闪躲的那匹烈马

它从哪里来？它驮着谁的忏悔与骄傲？

它的骨头属于昨天　还是未来？它

如何看待这漫无边际的雨声？

——它走得那么缓慢　坚定　它

会成为哪一种敲响山河的

恒久启示录？

暴雨被暴雨的夙愿抬高　触及

星空之魂　触及

马仰望过的爱及追缅——

当马踩响随雨水哗然涌动的

种种花瓣　暴雨是否仍将延续？

是否仍将让马的寻找

成为　山河最为陡峭的寄寓？

卷
一

苍茫之囿

1

万山磅礴。祖先留在石头上的第一个脚印

依旧　那么清晰——

脚印上有三种星图　旋转：菊状的星图

源自母系家园的逸事　潮汐布置的花期略显苍翠

然后是父系的星图　呈现镰刀般的弧线

——你要注意那些锋利的期许

由井与失传的种种太阳构成　最后

是鸟形星图——我认不出　这稀世之鸟

扇动的季候与慰安　辨不出

由鸟翅带来的各种可能

但我记得你留下第一个脚印时的

那片暗夜

堪舆者　抱一只打盹的雄鸡

站在山麓上　他指指偌大的黑石

风雨猛地改换了呼啸的方向　你踩上石块

用祈愿　界定囤寨最遥远的光景

看堪舆者在一截冻僵的桃木上

涂抹　火热的鸡血

你的目光逐渐粗糙　沉醉　你

还觑见了什么？鸡的鸣啼横越高原

万山磅礴　一轮红日跃然而起

碾过　你踩在石头上的那痕脚印——

黑枭静立。堪舆者解下腰间的罗盘

猛一下掷向苍空　一匹马

一匹猝然出现的马

缓缓　转过肩胛外

吱嘎不息的山脊

2

黑蚁的队列遍布高原。它们从何处来？

抱团。嘈杂。像翻阅典籍的风

黑蚁连绵　它们　移动着

黑魆魆的山势

那些人总跑不过这成群结队的黑蚁

他们站在东方　东方的黑蚁在大地上旋转

他们再绕到西面　西面的黑蚁在

大地上旋转

他们在北方的星盏上遇见黑蚁

隐秘的光芒

在南面的蚁群中　他们

挪出　一棵杜鹃逼仄的空隙

捧几幅图纸　奔走在蚁群中　他们

划定由第一块基石延伸出的最初意愿

他们将囤寨的骨架与神异的

星系连为一体　依据

山石的走向　他们想将一部分山色

赶到河的另一端　为累叠的屋脊

预留一线龙形的天穹　他们查遍所有水道

测度季候可能带来的旱象及雨意

他们让隐匿的九处泉眼成为囤寨的统领

——在岩缝里　他们还将预设出

另一种生死攸关的复杂水系

而黑蚁替他们找到了更多的神秘与可能

一个囤寨必须领受固有的宿命　必须

让一方山河千秋祥和　坚固　安宁

必须让嗷嗷待哺的孩童

看见神灵之光　让祖父脱落的身影

发出草木璀璨的回声

他们在蚁群中匆匆走着　一些黑蚁

涌现在纸页上　一些黑蚁　被漫漫阳光

拼贴成火与承诺　一些黑蚁

散开　在印满足迹的石头上舞蹈

他们叉手九次　叩首九次　在香火前

低诵九次　将风中的山岭拨正九次

将列祖列宗的名字举高九次

他们把第一块基石

铆进　那片期待已久的土里

一匹马　一匹芦笙般吉祥的马

缓缓　转过

肩胛外的山脊……

3

鹰翔。旭日比夙愿宏阔。砌石的人

看看天色　　在受伤的指头上

吮吸　　腥咸的热血

砌石的人背倚整座家园　　他有些苍老

像身侧的那株杜鹃　　他的脸色泛红

他挥铁锤　　敲响高原

坚硬的祝福

屈指算来　　囤寨已开修很久很久了

姓张的石头站成一列　　走到最险的岩壁边

围合成一道牢固的信念　　有人

在这些石缝里　　栽种桃李——红花映雪

它们已绽放过多种炽烈的爱恋

姓李的石头最适合砌制阶梯　　让风雨

一步步挪到檐际边　　再将房檐

一寸寸挪到浩浩天风里

姓赵的石头　　大小不一　　如一些

极为平实的想法　　将它们

嵌进屋基中　　会撑起更为高峻的气象

而姓田的石头　常常会飞

风一样飞　梦境一样飞

它们适合摞在各个路口　做一个

机敏的前哨　有响动了便发声喊

给囤寨一份地久天长的提示

还有姓吴的石头　姓卢的石头

姓麻的石头姓罗的石头……它们雀跃

呐喊　它们思索　静默　它们

从高原每一个方位聚集过来　在

新的位置上　站成　另一种石头的模样

它们藏着吉祥　和乐　也藏着

箭矢与警觉　憎恶和刚毅

砌石的人认得这些石头——

这风雨的儿子

这大地的信念　这固守一方丰饶的

土著之根　这给子孙念想的季节的骨头

让高原找到了另外的巍峨

鹰翔。石头的梦境逐渐空阔

最高的石头也是最低的石头　最硬的

石头　也是最温暖的石头　它们

聚在一起　形成一阕石头的交响

它们用灵魂融汇灵魂　用骨肉

启迪骨肉　它们　让石头之爱

重新进入大片滚烫的晨曦

一匹马　一匹长鬃似火的马

正转过逐渐倾斜的山脊

砌石的人　也想成为一块石头

一块唱遍俚曲的石头　他

想在石头内部

砌一道　弦月状起伏的

悠远山色

4

一朵野菊被吹落在崖畔的蜂巢上

黄昏嗡然作响　一朵野菊

延展了蜂群交错的多少道路？

霜从山脚漫向山巅　它

淹没了一些石头

让另一些石头忆起飞翔的往昔　霜

赧然　逼仓促的风再次

扬过菊丛

一匹马　缓缓

转过青黛的山脊……

野菊旋舞。

霜　覆盖参差屋宇。霜

还将覆盖谁家常的守候？石头

卡住霜的流向　这些被朝代磨砺的石头

刻满了蜂影　风痕　刻满了

石头自己的预言　爱憎——

一朵野菊曾让石头沉醉。指点囤寨的人

一茬茬苍老　一朵野菊见证着

石头与期许砌就的环形荫蔽

野蜂保存着风与花朵古老的密码

你将整片山峦凿成一座木星般的城池

在野蜂的路径上　搁置怀念

你是山魂的建造者　是将山的记忆

烙在火焰中的人　你让风

将九月的水　吹拂成神

啧啧称誉的奇迹

指点囤寨的人界定着霜的企盼。

一朵野菊　被风遗忘

石头崛起在风云中　一朵野菊

被风锐利的阴影　占据……

5

石头。想起月光飘拂的石头。石头。

想起急雨中的石头。石头。想起

荆棘抛掷的石头。

石头。想起从坟茔上

滑下的石头。

石头。想起被黑鸟忘却的石头。石头。

想起压弯水势的石头。石头。想起刻写

祖先梦魇的石头。石头。想起大雪

焐热的石头。石头。想起欲望的

石头。

石头。想起宽袍大袖的石头。石头。

想起羽扇折叠的石头。石头。想起

狗撕咬过的石头。

石头。想起让婴孩诞生的石头。

石头。想起成为星座的石头。石头。

想起火苗举高的石头。石头。想起刀刃与风的

石头。石头。想起众神骨殖的石头。石头。

想起烽烟及血的石头。

石头。想起青史疼痛的石头。石头。

想起绝望与幸福的石头。石头。想起

病患阴影的石头。石头。想起仆仆风尘的石头。

石头。想起霹雳中折损旌旗的石头。石头。

想起女人曲臀的石头。石头。想起收存嚎叫的石头。

石头。想起贼寇诵唱的石头。石头。

想起祖母的石头。石头。想起

被传说压紧的石头。

石头。想起猪的石头。石头。想起

酒盅搬运的石头。石头。想起

庙堂与长城的石头。石头。

想起面孔和面具的石头。

石头。想起

苍龙的石头。

石头。想起彤云的石头。石头。

想起锤凿交错的石头。

石头。想起转过山脊的马与石头。

石头。想起日食的石头。石头。

想起智齿及药的石头。

石头。想起石头。

6

旭日低于群山。一匹马

缓缓　转过谁熟悉的山脊？

苍山万叠。而我不想追索更多的苍茫

我查看囤寨渐渐长壮的骨骼　看六月的雨

灌进山的沟壑中　血脉一般呼啸

我在神祇的第三种瞩望中摘下纯金的杏

我将杏供在暮烟左侧　我在那块

印满祖宗名字的石头上　找寻

可以传至久远的眺望——

我不想记下石头喊出的种种疼痛　石头

在石头深处痛着　石头

想起牲畜嚼出火花的石头　我

不想让石头简单地回忆

囤寨是一次冥想　是漆在旗帜上的某种星辰

是铁与雨相互击打的种种震颤　是梦的

集散地　是谁微微疼痛的膝盖里

呼啦啦卷动的路与风向？

而我不想惊扰白沙河中的鱼群　让它们

再多游一会　　然后摇尾变成五色石头

它们是囤寨最为逶迤的墙垛

我　　要在这垛口　　栽几棵弯曲的

茶树　我　　要摘下茶籽

煎炒水与山丘的往事

我不会忽略万叠苍山命定的苦乐

我将在波澜中　　放养

更多的鱼

我会说服暴雨给野蜂让路　　风

给花朵让路　　蝴蝶给孩童的

哭声让路

我会守着那块鸟状石头　　入梦

然后　　让石头　　回到

砌石者衰老的手里

我会反复摩挲自己的酸楚　　将群星

重新砌进墙隙中　　我要在囤寨最高处

设一座铜铸的灯塔　　将一块石头

悬于灯塔中央　　我要用剑

刻镂它悬空的光芒　　刻镂它

最遥远的沉默……

7

颠簸的肉。骨头。颠簸的山峦。
悬瀑。——你梦见了什么？

赤月照着屋脊与山墙。孩子们
已经哭泣过了　他们还可以
再次哭泣

你梦见了什么？颠簸的星盏。
犬吠。颠簸的风。岩影。你还可以
梦见什么？

你被涔涔的汗滴淹没。山
又一次觑见了神隐藏的疾痛。囤寨
走过第九种山势　空旷的殿堂中
一盏马灯　在轻声嘶叫
——谁在灯盏深处　缓缓
塞进　你与神
多余的影子？

你梦见了什么？你知道

第一块基石的缄默。金色的缄默

不能被随意藏在风中　你知道

风的缄默　灯与天河的缄默

——颠簸的挚爱。询问。颠簸的

许诺。你抠出　墙缝深处的雨

去后山需要几条道路？

去传承多年的梦境需要几条道路？

你梦见了什么？颠簸的恨。

企盼。颠簸的谷粒。锈蚀的铜锣

深陷于泥泞中。一匹马

转过山脊……颠簸的吟唱。

追缅。颠簸的魂。囤寨上的星空

旧了——你试图

梦见什么？

8

烈马驮暗的银鞍以历历剑痕记事——

唐僖宗乾符三年（公元876年）岁在

丙申　太原人杨端领命平乱入播州

他走过的路

也是戈矛和刀剑走过的路

烈马在不懈地回望什么　地阔

天高　杨端将那块姓杨的褐色石头

放置在高原上　石头

挺身　随杨端一起　将偌大风雨

牢牢悬系于腰际

次年冬　堪舆者在龙岩山上画出一条斜线

第一块基石被平放在斜线中心

杨端猛扬手　从苍松上掰下一丫白冰

狠咬一口　嚼碎　咽进腹中

另外的石头　开始

挤上曲折的山道

又过去了多少种年岁　暮冬

爆竹响　第一圈城垣合拢

数十具躯体入地　大山藏起歌哭

让一把朗然而笑的剑　悬成

正门洞顶直立的凛凛寒意——

其他的石头陆续赶到　将囤寨

越撑越高　一群黑鸟邀约喜鹊飞临

它们　在艰辛地　等待

那个有着杨端一样身形的人

死去

又次年　暮冬　五个新生婴儿

长出翅膀——随即　翅膀消失

五个新生婴儿　学会了

灰狼般尖锐的欢笑

父亲在欢笑里躲藏什么？婴孩

抓伤起伏的大地　父亲

在急速消失的翅膀上

看到了什么？

次年。又次年……野火在旌旗上

燃烧。一匹猝然出现的马

转过吱嘎的山脊

而银饰的鞍鞯来自遥远的北方

它可以铭记什么？刀剑抵达的春天

被暮冬替代　囤寨隐入雪霰

又次年　更多的人消逝

一块石头　站在

来自未来的风里

9

路从一千多年前的积雪深处

渐次浮现

石头被石头记住　石头藏起

绿色火焰　它们攥紧风掀开的暮色

在路的第一个拐弯处　埋下

大串鲜红的足迹

三个人走过白沙河　三把剑

走过白沙河——剑刃雪亮

剑柄上的指纹　磨损腊月凛冽的天光

三种命运　走向河边陡峭的坡麓

一把剑嘁然坠地　将自己插进黑土

一把剑呼啸　卷动群山之影

一把剑默默嵌进背剑者的骨肉中

路还可以从哪一种时辰开始？生死

倏忽　石头被石头砸伤　路

还可以从哪一种方向之外开始？

有人在石砌的神龛前跪下　他

念出那些伤痕累累的名字　他已经

忘记得太多了　争斗与流血

救赎与爱——他已经

失去过　太多的

恨与勇气

山脊吱嘎　一匹猝然出现的马

正缓缓离开——石头

跃过惊愕的凝望

一匹马　离开　它

将怎样　接近我们固守的祝福？

而路从一把剑割破的山势上开始延伸

它可以通向天穹　也可以抵达

漫漫黄土遮盖的往昔　而石头流下

泪水　这向善的石头　正奋力

将种种刻骨的苍茫

一遍遍推迟

10

石头说：这是朱雀的囤寨　火的囤寨

南方有酒　你用酒浇灌的土地

注定肥沃

你用酒抟制的杯盏上

有群鸟

聚集

你会栽种哪一种神木？

南方有游魂飞翔　你

在盛开的杜鹃上看见星宿的辙痕

紫色的星盏　乘黑鸦驾驭的车辇升降

你要让大树的年轮　向东方

偏过去寸许

石头说：这是青龙的囤寨

松与柳的囤寨

东方有修改山河的旭日——火焰

仍将保留火焰的战栗　龙把自己的倒影

写在巨石上　这是酒意牵引的龙

它将烈酒蒸煮过的夙愿

刻在罡风之上

你被龙的灵肉覆盖　你拍打的龙

摇撼叮当作响的千百种梦境

你在典籍上　记下龙反复确认的悲欢

龙的欲念卷动草木　催生救赎之痛

你掌握着　让龙眺望北方的唯一证据

石头说：这是玄武的囤寨

龟蛇卜问的囤寨

沟壑中的新月　高于苍穹上的新月

黑色的新月随时存在　像墨渍携带的风俗

如果让第一场雪融化　你会找到

新月最初的骨头

这是石头的另一种轮回

一如被酒持久浸泡过的

山色与季候

而我想越过最北的星斗　让

石头在囤影中

转圈　我想从蛇形的路径里

找到一支箫遗赠给西山的

悠远谣曲

石头说：这是白虎的囤寨　拼争与爱的

囤寨　夕照正变得冰凉　幽暗的

洞穴中　适合藏匿杀伐者倦怠的怀念

有人将虎骨弃于酒醪深处

听一曲雅韵　自一列

整齐的兰花指上婉转而来　咿呀

群山大开大合　咿呀　长风

呼然四起

一匹马　转过山脊　岁月

在抄谁的后路？谷物与烟火

避开高原嶙峋的兽迹与痛　石头

想从无尽的沧桑中抽出身来

等你分发所有

启示春秋的光芒……

11

野葵挂在门框上　囤上的风

渐烈　野葵从孩子的目光里　褪下

一部分灰暗的影子

修筑围墙的人开始衰老

修筑天井的人

开始衰老　修筑窗户的人拒绝苍老

修筑屋脊的人　选择了苍老

修筑门廊的人开始衰老　修筑马棚的人

开始苍老　修筑兵器库的人

习惯了苍老

修筑家庙的人　忘记了

苍老

野葵挂在孩子的脖颈上　孩子在唱

孩子有值得诵唱的千种影子

修筑诺言的人开始苍老

修筑欲望的人开始

苍老　修筑祈愿的人

反复苍老　修筑爱憎的人

延缓了苍老

修筑寝宫的人开始苍老　修筑密室的人

开始苍老　修筑梦境的人无法苍老

修筑时辰的人　难以苍老

野葵找到了谁的根须？囤寨

在第九口井中

藏起苍穹　在盛药的葫芦里

藏起　一个种族生生不息的秩序

修筑苦痛的人开始苍老　修筑未来的人

开始苍老　修筑仇恨的人如何苍老？

修筑黑暗的人　代替了苍老

修筑遐想的人开始苍老　修筑追忆的人

开始苍老　修筑碉楼的人错过了苍老

修筑愧疚的人　放弃了苍老

风拍响囤寨之魂　野葵苍老

一匹马　缓缓转过山脊

孩子　有值得传承的

唯一影子

12

龙岩山上的城池　是日月的另一种形状

历历心血　聚一圈长长的石墙

再配以哨位　枪炮攻击区　跑马场

食堂　演练场　人畜疏散点　监牢

密道　外人永远无从知晓的地下饮用水系

观景台　与女人嬉闹的巨床　金库

雕花的龙壁　兵营　养虎的铁笼

龙蟠狮绕的柱石　墓茔　跨云的天梯

吊桥　山神庙　檐脊上的瑞兽　武器库

处决人犯的法场　家庙　将官饮酒的厅堂

……一匹马　缓缓转过山脊

草枯草绿　谁　又在囤寨的隐秘里

浇下过　二十年五十年乃至

百年炽烈的心血？

龙岩囤　这杨氏土司世代营建的军政衙署

如一个浑身披挂铠甲的巨人　站在

莽阔无际的高原上——新增的养鸡城里

三千只雄鸡喔喔长啼　五千只母鸡

拍展双翅　太阳在山脊上　闪烁

刀剑映照的昼夜　换了又换

一些孩子长大　一些孩子　跑过山峦

成为　另一种衍生高原的种子

黑衣方士在囤寨最高处默立　他

看到了什么？"吊桥外的灰岩上

该安放一尊佛像　镇一镇卷地而起的

刀兵之气……"方士将一张麻脸转过来

对着年幼的土司　在他腰间的长剑上

按下　一道曲曲弯弯的符箓

让龙岩囤成为一片祈福得福之地吧

"设险以守其国"——唯此大好山川

可成为"保固之根本"……高原的训令

被一代代传递着　苍崖上的石佛

默然　凝望着一方山水

起伏的命运

谁听见了星辰漫长的吟唱？

龙岩囤上的日月　是草木与神灵

共同萌发和修订完善的日月——

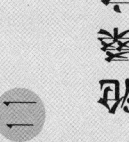

祝福之国

一

景

1

囤寨的影子有些旧了 再修缮一次吧

囤寨的影子堆得太乱了

再清理一次吧

年深月久 老了多少山峦?

换了多少代土司? 而囤寨的生涯

依旧旖旎无尽 依旧

让石头垒高的时辰

恒久 生生不息

囤寨的光景福乐无边 再喝碗

烧酒吧——囤寨的地里天麻苗壮

再搂一搂女人吧

龙灯在山野蜿蜒 爆竹的日子

也是五谷及爱与欲的日子 鸡与虫

被同一滴露水照耀——

锣鼓的日子

也是灵肉与山河的日子

祖先在土粒上起舞　陌生的祖先

也是熟悉的祖先　祖先在风雨里起舞

疼痛的祖先　也是欢愉的祖先

囤寨的影子变得鲜红　再幸福一次吧

囤寨的影子渐次蔚蓝　请坚持住

你的静默

一匹马　转过谁张望的山脊？

有人　为唢呐确定了另外的腔调

一万支唢呐　聚在风中

这高亢的呼叫　这牵魂之火

又一次说出了

群山不变的期许

2

银饰的鞍鞯　挂得很高

风熟悉它

保存的各种阴影

它记得北方燥烈的天色　记得

箭矢如雨的拂晓时刻　一匹马

转过山脊隐忍的创痛与愤激

它被马驮在疲惫的背上　是一份重压

也是一份使命　一种难以卸载的

悠远喘息

马还在不停前行着——在远方

也在咫尺之间　在你灵肉深处　马

缓缓走着　它在不断喊醒

沿途的各种风雨

我看见过马怎样艰难地行走？时辰峻峭

长鬃间闪烁的星光　不属于

同一种瞩望——它走着　马的道路

让沥血者默默书写的历史

不倦延续

而银饰的鞍鞯刻满了累累剑痕

谁记下整个族群前赴后继的命运？

马的伤痛　也是信仰者锈迹斑斑的伤痛

谁　试图忘记　整座高原

最为坎坷的寄寓？

别简单将远逝者的梦境竖在囤寨之上

采桑的手　也是捏碎沧海潮汐的手

别简单地把吹笙者的失败　藏进

黝黑幽深的山地……

银饰的鞍鞯　已代替过多少种歌谣

当初生的婴孩说出启示　一匹马

转过山脊　它将带走　另一场

倾斜的风雨——

3

南宋宝祐五年（1257年）　丁巳蛇岁

春寒　遍山花朵推迟了花期　蒙古军

如潮南下　播州第十五世土司杨文

奉旨于龙岩囤扩建防御城堡——剑声霍霍

泛紫的野卉　被掩入层层厚实的冰雪

黄夜的酒有些劲烈——好枸酱

润过汉帝的豪肠　在先祖杨端的杯盏中

找到过翠绿的火焰　好枸酱

神灵之酒　也是凡俗者

品咂的恩威与省悟

神与戈矛靠得太近　囤寨该固本守险

用一筐黑土　压实千秋根脉

杨文放下手中的酒盏　拔剑

起舞　让一痕弦月　稳稳停在

骤然而至的烈烈风里——

山河是血脉中的山河

是祖先代代叮嘱的山河　是值得去

不断种植诺言与爱的山河　弦月

在天　剑气里　星群各依其位

蓝色之光　照彻

高原漫无边际的静谧

谁又记起了三个多月前的那场宴饮？

府衙中　年迈的冉璞泪花映盏　他向杨文

叙说起四年前兄长冉琎之死　说起

他们一同铸进合州钓鱼城的信念与心血

铁打的城池是用命换来的　铁打的城池

也会让更多的命延续……而和泪咽下的酒

变得更有劲道——这是命的酒

是宿命与使命熔铸的酒　好枸酱

你还可以撑一条龙的骨头

变得更烈

囤寨之影呼呼作响　石头

拉扯石头。石头辨认石头。石头

扶正石头——囤寨之影　呼呼作响

石头搀稳石头。石头。感恩石头。

春寒。且让这龙岩新城抖一身上好披挂

立命高原——群山磅礴

白沙河盘曲欲起　一匹马转过山梁

随迟开的花　缓缓融入

大片呼红引绿的晨曦……

4

在山谷那边　青冈树背负满身虫子酣睡

太阳有些泛绿　一个赤脚的孩子

快步穿过树丛　他想走近

那一大片　弯曲的山脉

他是被某种梦魇惊醒的　他已记不清

曾梦见了什么　梦像一捆绳索

紧缠着他和他试图喊出的

一切——

他已记不清自己想喊叫什么

一层层山峦　从无数骨殖上压过去

他仿佛看见了　山峦上

不断剥落的褐色石头

他看见山丛闪出一条通道　迎接

另一拨疾步奔临的群山　这些

摇曳的山　越跑越快　举着

旌幡般凝重的风雨——

而他似乎总能看见梦中翻卷的山色

闪电在山缺留下命运的痕迹

一匹马　转过错落的山脊　那些山

如一群站错位置的孩童　抿嘴

嗑响几粒　歪斜斜的牙齿

这个从囤寨上失踪的孩子

将在多少年后归来？他在另一些山岭上

远眺过龙岩新城　在金鼎山的寺庙里

他许下　让大山飞翔的誓愿

——法缘寺边的山泉漾一些蓝色的光亮

他想盛一钵泉水回去　让囤上的井

减几分　艰涩的饥渴　他

在娄山关的夕照下　哭过三次

这是座多么值得一遍遍痛哭的关山呀

雾从山鹰的利爪外荡过来　碰斜

山梁上的风声　他想抹干泪水

一只山雀　却嘎然叫出了

他黑乎乎的乳名

或许　他已只能成为高原的漫游者了

他属于与山河有关的所有方向　他说出

鸟兽之语　将风土之秘深藏于灵肉中

他用水与火　捏制高原战栗的

爱及宿命

他和山的梦境一起长大　赤血

包蕴草木之灵　以及土石与风雨的变迁

他是用第三种眼凝望高原的人　他让一缕风

潜回故园　在囤寨最长的暗影上

留下　多种模糊

而奇异的标记

5

堆在石头丛中的人影　渐渐多了

芦笙吹过三遍　凛凛天光

正照着香案上的祖先　黄土中的骨血

芦笙吹过九遍　五谷上站起更多的山峦

太阳烙在酒碗中　把这碗酒

吞下去　太阳会重新回到天上

太阳　会重新印证祈愿

龙岩城　你的赤子老了

你的赤子　丢不下这满地的脚印

芦笙吹过第十九遍　一头小牛脱胎而出

一百座山上的虎狼看见了这头小牛

一百朵紫云里的苍鹰认清了这头小牛

龙岩城　你让走失多年的孩子

去了何方？你

理清过　多少种崎岖的路径？

芦笙吹过第三十遍　白沙河的水

开始发烫　石头砌就的黄昏一望无际

河中青鱼历历　它们

在找　群山多余的奇迹

而芦笙已经吹过千百遍了

暴雨记住的　是否能让风与霜雪

一次次　忘却？

牛角从星光里探出　像祭祀者

匆匆握紧的春天　一匹马

转过你用烈酒灼烧过的山脊

龙岩城　你还在芦笙邈远的疼痛里

寄放过什么？遗失过什么？

6

石头梦见了石头。谷物边缘的石头

开出旋涡状的花——石头

梦见了一代代人藏在

花朵深处的步履

谷物长势良好　它们吮吸最合适的雨水

将大面积的和风折叠进茎叶及须根中

偶尔　它们拂石头一抹翠绿之笑

它们　将囤寨及大地的念想

一遍遍　铺向

壮硕而丰腴的季节

石头梦见了多于谷物的种种收成

——苦难也有苦难自己的长势　常常

苦难被杂草不断抬升　试图掩住

稼穑繁茂的期盼　而石头

梦见了大于苦难的安慰——这

谷物之影贯穿的安慰　在陶碗中

漾着　这是生计与生机

共同勾连的安慰

有人在囤寨的围墙之侧　静立

他看旧了祖先交付的风向　他知晓

石头无际的隐衷　他敲打石头

让高原找寻自己最为璀璨的回声

他将出石头的根系　让高原

学会适应重新生长的生机

谷物的季候不只替代

无辜的追缅……

石头梦见了鸟的梦境　多年以前

鸟曾经历过种种复杂的炊烟　此刻

鸟只能旋舞于石头巨大的梦境中

让坚毅之翅　扇动

囤寨延展的宁静

一匹马　带领成群结队的石头
缓缓　转过山脊

石头，梦见了石头漫溢的梦境。

7

篝火之夜　囤寨被悬系在滚烫的星盏上
高原炽烈——高原　让所有人骨缝中的风声
卷动连接春秋的　千种炽烈

这是明隆庆五年（1571年）初秋的篝火
刚承袭父职的播州宣慰使杨应龙　迎风
顶礼山河　然后　用一把呼叫的火炬
点燃了　杨氏第二十七代土司
满腔的豪气

山河在熊熊篝火中升腾　虎背熊腰的人
出没于火焰间　他们　捧着

银光熠熠的杯盏

捧着　一把藏风孕雨的土地

他们给石头插上五色翅膀　让天穹

溅进杯盏中　他们喝下星空繁复的冥想

在古老的铜鼓上　他们

铿然敲响　囤寨最亮色的

梦与祝福——

而每一片土地都需要祝福　篝火映照的土地

祝福花朵凋谢的土地　酒意昂扬的土地

祝福着　热泪纵横的土地

虎背熊腰的人嚷出阵阵粗粝的诺言

——石头　在篝火中

翻覆　石头聆听　石头

见证着火与灰烬覆盖的盟誓

每一片土地都需要入骨的沉醉　篝火

漫过长夜　每一片土地　都站满了

点燃篝火的人

——他们舞动　让无尽篝火

回到山河广袤的冀望中　让山河

找到自己的魂魄

篝火延绵　一匹马

缓缓转过山脊　那些高举火炬的人影

正从一杯杯烈酒里

振翅而起

8

到底已多少次回到过囤寨　我记不清了

我是那个从囤寨走失的孩子　我

是赤脚走过所有山脉的人

在青冈树背负的虫子里　我找到过

自己疼痛的兄弟

我看见过高原的丰稔　也记下过

血与泪凝成的灾祸　我是丰稔和灾祸之子

是每一种命运的见证者

但我从不预言什么

——我的命运是承受的命运

我的命运　也是你们

共同的命运

我的命运是石头的命运

是土与大风的命运

我在消逝的云霓上　拴系家园之痛

在河道边　清洗我始终必须负载的伤痕

我是衰老过千遍的人　我也是

死去过一千遍的人

我是回到金鼎山寺庙前的那抹朝阳

是在木鱼上刻写祷辞的手势

是娄山关重新松开的一道缓坡　是雨的

缄默　是雨送上囤寨之巅的

那几次悠久花期

我走遍了你们的梦境与篝火

我在白沙河的波澜中放进多余的月亮

我将尘灰堆在你头顶的香案上

我

不是警示

我是牛羊撞伤的山色　是你酒盅里

滑动的龙蛇幻景　是虎交媾时

撼动的季候　是一茎

碧草　不断放弃的奇迹

——我歉疚　我只代表了

我与山河的歉疚

我没有理由代替你们活着　我死去

我没有勇气代替你们

一遍遍死去

我手握的星辰在不懈转动

从东到西

我守望的星辰　在不懈地湮灭

我是多少石头垒砌的唯一祝愿

是你血液中的笙歌　梦境里的启示

我在坍塌的寨墙深处

嵌一片紫色雨声

一匹马　缓缓走过

这是我认识的马么？我如何

成为马锈蚀的嘶叫？泥泞深处的蹄印

烙痛远方　我守着祖先的路

守着　子孙们置放于四野中的

浩大春汛

9

叮当。明万历二十四年（1596年）的铁锤

砸在万历二十四年前的石头上　叮当

万历二十四年的铁锤　也一下又一下砸在

万历二十四年以后的各种石头上

叮当

叮当。一些石头翻查出最新的名字

它们将自己摞在囤寨的倒影中　它们叫喊

叮当　它们有结茧的挂念　有霜打过的

长穗——有淬火的胸臆和酒　叮当

叮当　树木渐渐高大　可以刨制

撑天的立柱　树木渐渐粗壮　可以

替换囤寨朽腐的横梁　可以从石堆中跃开

给铁锤　腾出几种飞翔的空隙　叮当

叮当　把那些基石调换一下方位

将柱础上的龙纹刻得深些　更深些　叮当

谁用风化石凿刻威猛的狮子？请你

换一块赭色石头　在母狮脚下

再添一只幼狮

你要校正好狮子们

正对着的天色　叮当

叮当　请把曾经漏记的祖宗逸事

筑进泥墙中

打夯的号子里夹着翻飞的石头。囤寨

只剩下了一副锁链　叮当　你

要在锁链上

预留下更多交错的根须与痛

叮当——

叮当　猴子在石壁上攀缘　金色猴子

将一些石块　掰开　它们找到过

高原暗藏的苦乐　你要将猴子的歧路

从岩壁上凿掉　让它们挽着藤条

挤进最险峻的风雨　叮当

叮当　石佛的凹痕中已遍布苍苔

但石佛依旧默然笑着　鸟留在

石佛侧翼的巢　依旧盘曲

赤红的长蛇　盘曲

风扼不断的锋芒　叮当

叮当　石头学会了追问　龙岩城

在不断翻新的时光中伸展骨节

一匹马　缓缓　转过悸动的山脊

石头学会了迟疑　叮当

明万历二十四年的铁锤　正砸在谁

反复愈合的伤痕上？叮当

10

八万名役夫　工匠　四余载寒暑

千千万万块跌下又站起的石头

逝者饮憾的目光　泥土中翻出的旭日

雕琢者匆匆遗忘的姓氏　骠骑将军

入手即热的殊勋……构筑起

囤寨新拟就的种种时辰

走失多年的孩子出没在石影间

他　踩痛谁的道路？

走失多年的孩子

细数着　每一片屋檐悬挂的天色

——石头超越怀念　它们从岁月中

闪出　挺着唐时的筋骨　承接

宋雨元风的砥砺

它们将微斜的穹庐　撑成

星群盘旋无尽的守候

石头在延续什么？你臆想的人

被戈矛隔开　山峦成为灯盏

照亮更远的骨头　你所臆想的幸福

是否能被灯盏灰暗的梦境

艰难地　确认？

走失多年的孩子

将以怎样的方式老去？

他在宽敞的亭榭中　搁一桌

斑斓的山河　将大半部《论语》

放在谁卧榻之侧？他在冻僵的狼毫上

蘸几行枯墨般凝滞的劝喻　他

被谁散落一地的佛经及承诺绊了一跤？

他　赤脚穿过昼夜　让满山石头

带着固有的良善　拔地而起

囤寨越来越宏大　坚固

山的魂　是否正成为囤寨之魂？

囤寨越来越庄重　严肃

山之爱与忠厚　是否将成为

囤寨难以更改的血性？

一匹马　转过山脊

骠骑将军杨应龙　拍拍风与铠甲

然后　也缓缓转过

侧向黎明的

赤色山脊

11

白沙河朝邈远的史册流去　龙岩城

换过一副肝胆　让漠漠山川

也改换了眺望的眼色

去看看铜柱关吧

河水绕过它坚毅的身影　将一部分波涛

留在石墙上　这是迎迓宾客的关口

也是可以遍布戈矛的关口　稼穑葱茏

日丽。老牛背上歇一只微黄的鸟

——你别让它们　呛出

枪炮急促的语气

而铁柱关适合瞭望南向的山势　在这里

敲击激越的铜鼓　可以让神与俗人

找到共同的归途　藤状的鼓声

一圈圈　绕至囤上——铜鼓　醒着

长剑锋利的光芒醒着　山路上的石头

醒着　谁升斗中的稻粒与蛙虫

依旧　醒着?

谁想在飞龙关与飞虎关上　蓄养

别样的龙虎？请给两个关隘

配以不同刻度的时辰　请用祈愿

划定善与恶的分野　别让龙虎的庚气

污了这漫山遍野的石头

别让刚学会跋涉天梯的人　抢割下

那方疼痛的天穹——别让虎

咽下龙影　长出怪异之翅

别让虎鞭与浊酒　无端地

辜负这片高原代代锻击的襟抱与

寄托

朝天关撑住的天　可以固守

哪一种季候？当飞凤关上

群集的凤　鸣唱

桃花在风中　飞翔　囤寨拭去

神龛上的虫迹　风

重新布置出灵肉与山河共有的赞美

谁　将忆起祖宗的召唤？风

吹过七百多年的甘苦　悲欢

爱憎——风　还将吹透

多少石头呵护年年的

梦与道义……

风从白沙河吹来　吹过囤寨

吹过飞龙关上铁铸的旗杆　吹过

石头与信仰　鸡声及爱意

然后　风携彩凤依次绕过后关

西关……而万安关上　彩凤高翔

凤伴罡风　在高峻的关隘上

留下　风与春秋

绵延无尽的　诉说——

山河万安！石头，万安！

风与雷万安！杜鹃花就要谢了，万安！

黑土中的灵魂万安！六畜，万安！

墓碑上的错字，万安！祖传的方剂万安！

那匹又一次缓缓转过山脊的马，万安！

被遗忘的疼痛，万安！乌鸦万安！

丹青万安！狼与虎的丛林万安！

梦境与剑戟万安！汗青

啊汗青，万安……

12

有人在姓氏上镶嵌琉璃　镶嵌

金黄的谱系与欲念——风曾叙说过什么？

风　拂动龙鳖黑的鳞甲　看千种石头

堆砌　藤蔓般摇曳的伞盖与云霓

而黑鸟翻飞，掠过远逝之河……

新王宫的影子　扶高旧王宫的影子

巨大的幻梦笼罩于殿堂上　灯影幢幢

琉璃掩映的蟠龙之影　幢幢

一匹马　转过吱嘎的山脊

其他的马　将在槽枥间梦见什么？

宫室外　一轮圆月升起

照耀参差的箭楼　而兵营中

横卧的躯体

正发出　某种

震耳的响声

再转过一溜瓦房　你会在

斜侧的荆棘边

看见一条长蛇蜷曲的惊惧——

蛇芯 嗤然 它在警示什么？

圆月照耀的大地

为什么 也是梦魇

照耀的大地？

木柱上盘绕的龙 似乎

认识石头上腾跃的龙 认识丛莽中

艰难找寻自己的龙 圆月

依旧在照耀什么

困于水牢中的姓氏 是否也是

圆月必将照耀的姓氏？铁剑在旧匣中

鸣叫——琉璃深处的龙

似乎认识 骨肉深处的龙

走失多年的孩子 奔走在疾风中

困寨入梦 石头撞响石头

石头 缄默 带走衰老的石头

走失多年的孩子 重新出现

他熟悉哪条道路的疼痛？石头

忘记石头　他将刻满苍龙的那块石头

缓缓拾起　他看见了

高原预留的巨大悲怆

背转身　他掮一天风雨

走进　漫漫青史

漫漶的记忆

石头守候石头。石头

寻找石头。石头　藏进

苍凉的石头。

卷三

玄黄之囷

1

熟悉的山河　常常也是陌生的山河

也是让血与灵肉反复交错和撞击的山河

那些为山河流泪的人　已经老了

那些为山河流血的人却依旧

站在原处　他们

无法简单老去　山河有一种指向

是风留在过往春天深处的最初指向

——山河　有一种遗忘

是风替换未来的

所有遗忘

囤寨被一粒雪覆盖

走失多年的孩子　提着那片

坚硬的雪色　他从转过山脊边的

烈马身上　看见了神

丢失多年的鞍鞯　他看到了

一万座山峦翔舞的褐色身影　看到了

黑鸟尖喙中失传的谣曲　看见了

一把火燃烧与熄灭的

全部可能——

而山河被悬置在巨大的石头上　山河

是血脉相连的山河　是用挚爱

黏裹累累泥浆筑就的山河　山河

是巨石脱口而出的呼唤

是可以捧在手上的

花期　是祖父白发飘飘的笑

是一盅酒　搁在怀想中的

最新隐秘

熟悉的山河为何陌生？陌生的

山河　为何总一遍遍地

追问我们骨血深处的战栗？

走失多年的孩子

已苍老过多少遍了

他在土地悲伤时老去

他　在土地欢乐时老去　他

在土地质疑时　老去　他

也在土地回答时

匆匆老去

再给他一次苍老的机会吧

趁着雪霰中的高原　还未解开

苦难的死结　趁着圆月仍旧被冰冻着

趁着太阳仍在呼喊列祖列宗的名字

趁着白沙河的水　还照得出天穹

喜悦的光芒　趁着你的祈愿

还能种子般辘动　再让他

苍老一次吧——这是永恒的苍老

也是　最为久远的铭记

而熟悉的山河　常常也是

誓愿的山河　是刀与剑

砥砺的山河——天地

玄黄　熟悉的山河

为何总在成为　我们

不敢用血肉去尽心

礼赞的山河？

2

堪舆者说　万安关左侧那个好地段

可以修一座翘檐的飞鱼亭——

梁间燕舞　似有

喜雨　杨应龙轻抚剑柄

隐然　不语

犹记播州赤虺河畔丛莽中的

六十棵硕大金丝楠木

领杨应龙之令　辗转数月长途

于万历十四年（1586年）夏艰难抵达京城

好楠木　此等嘉木　可撑衬我大明万世之基业

诏赐杨氏应龙大红飞鱼服并授都指挥使职

以嘉其忠……噫　华服灿然　飞鱼拥浪

此际正端坐王座的杨应龙　望一望

高挂于金丝楠木巨柱上的飞鱼服

再抚抚剑柄　隐然不语

堪舆者挑亮灯盏　囤寨之夜噗噗作响

——飞鱼服溢彩囤寨已历十余载　龙岩城

古囤新扩　九大雄关环峙　万岭拱护

其势若铁　似真可增一飞鱼亭

彰皇恩而耀祖德　而风摇

群山——灯影渐斜

杨应龙按按剑柄　起身

猛一下　将飞鱼服

撕扯于地

堪舆者听见了

岩石内澎湃的喧哗声

一匹马　如灯

静静　转过山脊

儿子已经在重庆府死过一次了

血　又曾在好山河里飞溅过多少次？

石头攥碎石头　石头

投掷石头——勘问　进剿

听勘　诈降　献人抵斩

纳银　采木赎罪……

——飞鱼服已溢彩囤寨十余载了

当留作人质的次子突然殒命

一块姓杨的石头　　狠摔出

大团黑色之火——

遍野石头　　便猝然被推进了

一场　　空前尖利的风雨

堪舆者捻捻弯曲的烛焰　　他

看见那条鱼　　自凌乱的绸缎里

缓缓游出　　像一声

横亘古今的绵长叹息……

3

杀戮　　从一块忘记疼痛的石头开始

从那片被沙砾顶开的波浪开始　　从一只鸟

藏在山道上的绯红隐秘开始——

从綦江　　到播州之南与北　　从赤水

到松坎　　到绩麻山　　高坪　　再到吼滩

井坝　　乌江　　杀戮之气一片青紫

有人的地方　　便有

裂骨的疼痛　有人的地方

就有　夺魂的惊惧

金鼎山上的钟鼓　挡不住刀剑的交响

佛寺里的诵念　被裹进一汪

默默溢流的血迹

有人的地方　就有椎心的哀怨

——为什么　有人的地方　人们只能

徒然　空守着大片呼叫的瓦砾？

刀　剜在自己的土地上

自己的骨肉上

痛苦　是一种麻木？刀

剜在　祖宗看护年年的云

与风声上

流过的血　还可以再流

但流过的泪水　已然干涸

诅咒是一种力量？是一种什么样的

力量？活在诅咒深处的人

又该把哪种虔敬　卷进自己

九死一生的爱憎里？

石头已经呻吟过了　而石头

学会了更新更远的呻吟——石头

将在石头的剧痛里　固守

谁理当固守的一切？

谁亲手葬送了自己的父亲？谁

以满身伤痕　缠紧土地蒙尘的信念？

谁是从鸦声中寻找启示的人？

谁　找不到家园的方向？找不到

灵魂往返的最短路径？

杀戮　从一块值得被杀戮的石头开始？

不！石头中　永远没有这样的

石头！——谁臆造的石头　被堆上

石头之巅？杀戮　从哪一块

找不到疼痛的石头开始？

一匹背对杀戮的马　缓缓转过

山脊　谁让痛苦的人放弃了

旌旗覆盖的梦想？杀戮——

从一个梦扭曲的欲望

开始

4

执刀者站在群山的暗影中

岩石般的执刀者

将飞鱼服绑在旗杆上　腰间剑

斜着　斜一道抖颤的霹雳

兵士说　后溪沟的马疯了九匹

这些从未见过箭矢的马　从箭雨中穿过

它们被箭矢晃伤了凝望　它们

在岩壁上　睨见一张张箭矢之脸

药剂般尖啸——它们

疯了

而明万历二十七年（1599年）枯裂的秋天

如一则寓言　挂在焦灼的高原上

石头抵挡石头　石头伤害石头

石头　被石头的耻辱与仇恨

反复锤击——一匹马　转过山脊

它在纷飞的石头里　认出了

那块疯狂的长满了毛羽的

黄色石头

……从合江　到土崖　茶坝　穆艾坝

从白牙囤　安罗　再到台崖　干竹

大田　安民坡　怒凤垭　再到

孔爪崖——石头成为石头的泪水

石头　成为石头的杂念

石头的痼疾

执刃者忽略着土地的力量　忽略着

善与爱的力量　执刃者还将忽略什么？

石头　在以石头绝望的方式　出现

石头在石头必将追悔的悲恸中

消失

幼小的孩子，捏着碎裂的石头。

流血者属于哪一种时辰？罪孽

高举缤纷的花束　闪现

罪孽唱出罪孽之歌　娓娓然

那么悦耳　仿佛

蚊蚋集聚的千百种赞美

网一般　盖着

如火如荼的苍莽大地

幼小的孩子　正反复捏碎

那块　沉默不语的

石头——

5

请以醇酒酹地　让大地长出的茅草

激荡瑰丽的酸楚　请以酒酹天

天上仅存的星照亮无端惊悸

如果以酒酹风　风中坍塌的祝愿

将触及谁渐次羞愧的骨殖？

以酒酹石吧

石头起皱的祷告　已引发

漫漫冬雪　漫漫如谜——

而献身之酒被赤虺河

泛黑的浪涛载来

这是谁当放弃的醉意？沧桑

暗藏于剑戟中　酒滴荒芜

这宿命之酒　已为谁　筹划好

与沧桑无涉的千种启迪？

石头被沉醉的爱恨淹没。谁的石头

高出信仰与奉献？对着太阳

鸣叫的雄鸡　抖动双翅

它　又将站上

谁与风雨纠缠过的

隐忍与焦虑？

那匹转过山脊的马开始倦怠

它踏碎霜雪　在你不忍离弃的路上

竖一种警示——你

是被反复警示与劝慰的人

你的血　能否代替

整片土地灿烂的鲜血？

有人在抗击者的背影上

剜出肋骨之痛　他的

背影零乱　这些被嫉恨一次次

追逐的背影　将再次失去

灵与肉至上的训责——

大地不会因某种死亡

而放弃艰难活着的勇气

死亡是一次戒备　是切入生涯的

最初期盼　是失望者滑过山河的渴念

大地不会因为某种沉迷之梦

葬送　一代代人意愿中

不懈的逶迤

请以苍茫之酒酹雨　雨

想说尽遐思与隐痛

——以酒酹星吧　你熟悉的星

为何变得昏暗？它们　即将错过

大地与谁试图修改的步履？

6

石头背面　是坚固的石头

石头背面　是舍死忘生的石头

石头背面　是涉世未深的石头

石头背面　是茹苦的石头

石头背面　是伤痕累累的石头

石头背面　是框定道路与泥泞的石头

石头。石头？啊石头。

石头背面　是火与潮汐的石头

石头背面　是坚持住了缄默的石头

石头背面　是抛弃头颅的石头

石头背面　是预测完往事的石头

石头背面　是同甘共苦的石头

石头背面　是不敢哭泣的石头

石头——石头；石头……

石头背面　是抖落稻穗的石头

石头背面　是撕扯传说的石头

石头背面　是必须陡峭的石头

石头背面　是只能坚持告别的石头

石头背面　是替换石头的石头

石头背面　是风的石头

一匹马转过石头遗忘的山脊——

石头正面　赞誉已遍布黄锈

石头正面　是否还有值得护卫的石头？

石头背面　石头不断颠覆石头

石头正面　是血脉直抵史册的石头

石头：只有石头

能省略腾翔的石头。石头——

7

谁不忍背弃的热血仍在缓缓漫流？

星宿之血　厚土之血

及典籍与苍茫之血

仍在不息地　漫流啊

漫流——

谁不断添加的热血

仍在缓缓漫流？

——草木之血　蝼蚁之血

甚至　承诺和背叛玷污之血

在漫流

依旧哗然漫流不竭

咿呀哎呀　锣鼓震天

明万历二十八年（1600年）正月十五日

豫人李化龙　执帅旗于重庆登坛

誓师　统兵以平定播州之事——

石头在谈论什么？

石头蛀蚀石头　石头

又忆起了

石头漫流过多少遍的热血？

李化龙登坛而呼。剑刻的誓词

被风雨重复……利剑

刻下的誓词　划过

一天风雨翻卷的

旌旗

从斧钺　到凛凛更鼓　从兵符

到粮草堆积的顾虑　从营寨

再到斩关夺隘的祈求　崎岖之路

总在穿越　昼夜与既定的山势

一匹马缓缓走过

一匹马　正在忘却

水蒸火炙的山脊——

谁用石头堵住的创口渐渐溃烂？石头

冰凉——这些困乏的石头

还将在血光照彻的冀望中　找到

多少人不敢随意铭记的

恨与蒺藜……

8

死去活来的人　　依旧

在反复活着　　在反反复复地

死去

——其血炽烈

这是捐弃甘苦的炽烈

其血玄黄　　这是缔造苍茫的血

死去活来的人们　　矗立于石头之上

其血枯萎　　是触痛生命的枯萎

其血飞溅　　是看不清

命运的赤血

别再让那匹

深陷于灰色陷阱的马

转过倒悬的山脊——星空倾侧

而星盏已选定自我的光芒　　星空

惊叫……星盏　　躲闪着

猝然降临的劫难

死去活来的人

是守候哪一种慰藉的人？

石头露出石头的裂缝　石头

在土粒与骨殖中聚合　石头咬伤石头

石头　正远离谁难以扔弃的宿命？

走失多年的孩子　终于

回到了　泪痕深处

他说不出话来　走失多年的孩子

揉痛　天穹倾斜的叮嘱

杀伐与嫉恨。雨的骨头印证未来

杀伐与激愤：雨的骨头

铺满了大地……

你已找不到血泪浇筑的追缅了

大地收留了更多的忏悔　大地

遗失着　谁忘我的积怨？

死去活来的人　填塞着四季的出口

其血潇潇　有笙歌宣示的爱憎

……其血赧然　淹没炊烟列举的

多少奇迹！

而你已踏上超越崎岖的道路　石头

欣幸——它

已流不出　更多的热血

9

风试图进入谁书写的历史？四百多年后

那一摞被风翻开的《平播全书》

仍在自己浩繁的卷帙里　反复查找

历史可能遮蔽的某种印迹

十五卷《平播全书》不仅只用

刀剑与石头写成　而风

穿过文字罅隙的风　又能在

刀剑与石头之外　真正

找寻到些什么？

风掀开的历史　也是骨肉掀开的历史

风　在一片片倒伏的人丛中

醒着——风

也在一片片燃烧的人丛中

睡去

执刃者与执刃者　交相碾过

风　收不回风的承诺　风抛撒着

风最为深挚的追悔……

从娄山关　到乌江　最殷红的血

已经流过了　从兵士到山民

最咸的泪　已然枯竭

大地在以相互枕藉的骨殖见证什么？

骨殖　又在以怎样枯朽的苍凉

回馈　这片艰难的大地？

风是史册深处的一声惊呼　但

你不会轻易听见　当风

成为历史的一部分　你不会

简单错过被风反复叙说的

那一切

风停在泪与血交汇的星光之下。

一匹马　转过山脊

这是谁的山脊？这是

谁用火把缓缓推远的山脊？

10

雾　变得更暗　它

适合继续在这样的黎明

慢慢升起

春雷已经响过　惊愕的春天

一片错杂——雾　变得

渐次有力

你看见旗帜已遍布急剧返青的山道

一场雨救活的春天　挂在甲胄上

山道盘曲　褴褛的甲胄

闪射　生与死不变的光泽

——那是杨端挥剑指点过的山道

是杨文用铁锄捋直过的山道

那是杨应龙用石块铺砌过的山道

是谣曲与稻麦竞相奔走的山道

是李化龙用尚方宝剑拼力砍削的山道

山道盘曲　通向各自曲折的生死

——这　是用血肉

焚烧的山道

雾越来越暗　它适合

在戈矛之影中　增添另外的阴影

它适合找寻另外的道路

它　适合成为　另外的道路

哪些花朵可以深藏在大雾之中？

囤寨咫尺难辨——哪些花朵

可以再次换取　这

大雾弥漫的时刻？

明万历二十八年（1600年）四月十七日

李化龙兵临囤下　二十余万大军

看漫天大雾　从囤寨边　从崖壁上

一层一层　静静地　褪去

二十余万大军一声呐喊　雾尽

天青　囷寨上的风　猎猎

卷起几面带血的旌旗——

死亡。从莽莽群山间慢慢汇聚的死亡

发声喊　齐齐立于囷上

也立于白沙河畔——

这拥挤的死亡

却仍将　排出令人炫目的

队列

一匹马　转过山脊

那朵刚挣出大雾的花　猛一下

抓起　风中滚动的

那块岩石

11

没有一种死亡可以虚构。黎明的

死亡　被黄昏的死亡　重复

被第二种黄昏的死亡

重复　被每一种黄昏的死亡

重复……

——没有一种死亡

可以用死亡虚构

囤寨边的椿树说：快将我挪开

我不想成为　这火与血的见证者！

椿树的根　吱吱作响

它　弄乱了谁离开的步伐？

岩壁上的石头说：快将我掀开

我不忍成为　这一摞摞

死亡的见证者！

石头的喊声有些沙哑　谁

追上了石头离开的步伐？

黑鸦说：我们

参与了这浩大的死亡

死亡是一次刈割　是用头颅

耕耘这如火的风云

你真有痛苦的理由吗？

我们锻造的苦痛　常常

略大于死亡

而喜鹊已经说不出话来了　死亡

这么新颖　鲜艳——死亡

堵住了

喜鹊燥热的咽喉——

没有一种死亡可以简单回溯。骨头的

死　等于石头的死　草的苍绿

等于所有姓氏莽阔的

死

进攻与抵御。檑木。箭弩。血

与呼声。用旌旗

缠裹伤口的人　立于

囤寨上　用旌旗缠裹伤口的人

站在河岸边

军令随山势耸峙

拍马冲上坡麓的人

又拾回　几块呼啸的骨肉

而死亡垒高了

弯曲的山色　有人

跃下囤寨　将板结的死亡

砸碎　有人

学会了　用死亡的方式

哭泣

一匹马　转过山脊

它将属于哪一种死亡？

没有哪一种死亡

不能反复死去。

12

你见过这样险峻的花朵么？

火焰上的花朵

渐渐　高过了刀刃上的

花朵……

高过了伤痕上的花朵。绣花楼上

唱歌的人　此刻会成为

一个怎样艰难的故事？

花朵随长风激荡　囤寨上

花朵呐喊——花朵

还将坚持着怎样深长的呐喊？

那一次次冲向囤寨的人影　又折断在

花影之上　二十余万种挥动的刀剑

聚成一朵硕大之花　沾着

血与渴念　沾着仇恨

以及爱恨交迭的所有焦灼

明万历二十八年（1600年）六月六日

晨　囤破　火烈

瓦砾在咆哮的姓氏间翻飞

囤西新扩建的养鸡城中

鸡声清越　嘹亮

而预想中的雾　并没有出现——

除了风

一切都可以属于死亡　除了死亡

一切　都停止了延续

杨应龙　将自己　留在了　那片

冒着蛇形火舌的刀刃上　将播州杨氏土司

七百二十五年的艰辛与吉祥　留在了

刀刃的缺口上——历史

容忍着多少缺席者？历史

为什么　仍在分发着

见证善与恶反复角力的勇气？

你记得这些悲怆的花朵么？

杜鹃满山　高原

献出了最炽烈的祈愿

而一些灵魂　将在

花朵

与群山之间

永远寻找　种种

难以回望的往昔——

那些旋舞的头颅将飘坠何处？

风斜。李化龙手里的剑　微微颤动

一匹马　转过山脊

谁的马？它记得谁恒久的悲欢？

几丛垮进大火的杜鹃　吱吱有声

它们　在火中　又一次

将囤寨苍黄的影子

高高举起

你曾背对过这样纷繁的花事么？

石头

从石头开始。石头

闪耀——石头

以火和遗忘的方式

铭记……

掩卷

花与暴雨

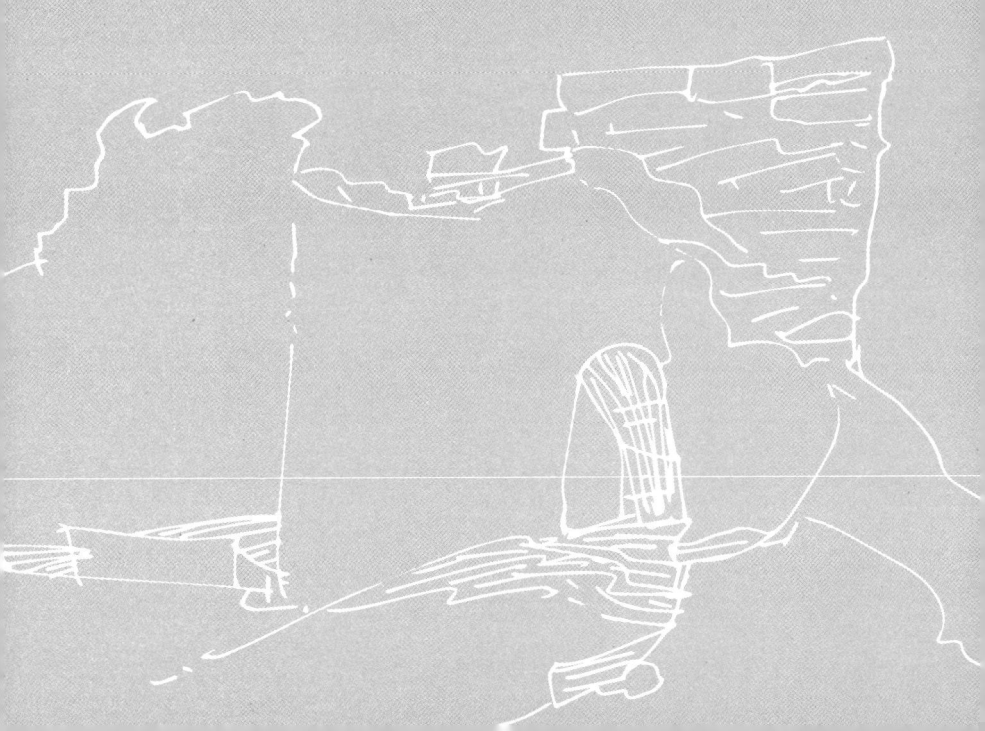

1

我遇见的

是我们必须共同面对的暴雨

这是你在哪一年遇见过的雨？

铸剑为犁的人　已成为山峦的一部分

这是你还能忆起的哪一场暴雨？

白沙河边祭奠的人

垂下了受伤的手臂

他从河水中　掬一捧酡红的天光

掬起　几朵泛黄的花影

明万历年间的杜鹃　是否

也绽放过此刻的花朵？灵魂

成为沙石

成为雨滴中　起皱的空旷

此刻的雨　又将如何

翻越万历年间　那片抽搐的

急雨？

没有谁能绕开一己的生死

不断归来——那个

走失多年的孩子　仍在山中

他已经苍老过多少次了？他还将

见证闽寨多少悠远的企望？

而你拍打岩石。只有岩石可以反复破碎

多年以前　这岩石被叫作挚爱

现在　你可以称它为追挽的夕照

抑或遗忘　你可以叫它疼痛

——让它继续疼痛

就像那场　既定的雨

走失多年的孩子

代表着怎样的家园？

他的脚印有些零乱　他

是守护光阴的人　他的

缄默由群山缔造　他的缄默

让风雨　渐次密集

他记得那个将

龙岩城改称为海龙囤的人

那人想从远处移来的海

正悬于天际　谁

是这片卷曲之海的看护者？

所有祈愿　一片葱茏

谁将成为石头举起又放下的

记挂与默许？

那匹转过山脊的马　缓缓走着

为什么　马总在与那个走失多年的人

一次又一次　错过？

我遇见的，是我们必须共同面对的崎岖。

2

谁是那个一次次迷路的人？风雨

阔大　谁　在断裂的天梯上　找寻

接近善良的最初努力?

大地在最疼痛的地段

栽种四季与敬畏

看　苍山万叠　有人

翻越大地的梦想　在杜鹃

参差的芬芳中

有人　触动

生命与石头共同坚守的警策

而红色杜鹃　离陡立的崖壁最近

它　擎着四百多年来的每一种天色

微黄的杜鹃　记得山脉静静延展的走向

从白色杜鹃的左侧出发　一条路

重新深入囤寨　一条路　逐渐绕过

那些灰烬紧握的追缅⋯⋯

谁是那个总在梦境里哭出声来的人?

他掘出厚土默默深藏的古老春天

在战栗的龙柱上　反复清理

一座山峦铭心的叹息　他从土粒中

找到了马的道路　马的嘶鸣

他在土粒中　翻出

另一卷　藏满

灵与肉的大地

海潮寺倾斜的墙隙中　又塞满了

燕雀与鹰忘我的呢喃……

谁认得那匹转过山脊的马？它

走得那么缓慢　那么坚定

却让人　找不到

马永在重复的足迹

——石头比石头迢遥。石头

肃穆。风吹动命运般翻覆的石头

石头活着。石头

让石头汹涌——

谁　是那个无法随远去的马

一起迷路的人？

3

血与火淬炼的沧桑　会让人牢牢记住

土地的力量　就是善与爱的力量

就是　历史与时间的力量

那些镶嵌在苍茫中的杯盏　依旧

活着　山河活着　一面铜鼓

咚咚说出的誓言

活着——

土地的力量

就是骨头与虔敬的力量

山河需要更美的祝福　河中的鱼

成为稻菽般翠绿的星盏

土地的力量　就是

道路和未来无尽的力量……

那匹马　又一次缓缓转过山脊

它是囤寨的哪一部分？是燃烧的酒

还是血与怀念？是疼痛？

还是石刻的箴言？覆盖云霓的

杜鹃　从马的沉默里　升起

——那匹马　记得

整座高原凝重的

所有吟唱

谁将与我们一起

抟造那场倾斜之雨？

石头被急雨追逐　石头

在诉说什么？源自典籍的雨

见证着　土地不断抽穗的

梦与信念

走失多年的孩子　托起了

辽阔的雨声　他走着

他将停留在

我们熟悉的哪阵急雨中？

他属于　连接时光的

哪一种道路？

而太阳带来了

最新的祈愿　花朵中

囤寨　伫立　谁从初歇的急雨里

找到了　歌哭的最好理由？

山河宁静　灵肉中的山河

就是　土粒与诺言

永远熟悉的山河

2018年2月27日—3月9日初稿于赤水河边

2019年11月9日改于高大坪镇当境村

2020年7月27日再改于茅台

2021年1月22日定稿于仁怀

一种抒情长诗写作的可能性图景

——对姚辉《海龙囤》的检视和探讨

赵俊涛

作为诗人，姚辉总能一次次地用"诗写"给人们带来"惊喜"和"惊奇"。无论是语言力、想象力，还是思想力、创造力，姚辉都备受瞩目。他一直在用他的方式拓展着"属于他自己的诗的疆域"，尤其是他的抒情长诗，更"暴露"出"作为诗人"的他的"宏大图谋"。

从20世纪90年代中期写作《个人时事》开始，特别是新世纪以来，姚辉似乎把更多的时间和精力投注在长诗的写作上——

2010年，由翻译家、学者、诗人张智中翻译，环球文化出版社出版了姚辉中英文对照版诗集《我与哪个时代靠得更近》。这本诗集收录并选译了《个人时事》《南方》《交谈》《太阳》《镍币或者其他》《兄弟》《颂歌》七首长诗。出版者认为，姚辉"以一颗敏锐、高洁而勇于担当的诗心，称颂真情，关注当下人类日益恶化的生存境况以及内心的挣扎与呐喊，直抵事物的真实与内核"，称赞他的诗"视野宏阔，想象力超拔，感情真挚、浓烈，意象疏密有致，语言精粹、澄明，颇具现代气息和艺术创造力"。

2018年，沈阳出版社出版姚辉的抒情长诗集《经过我们脸色的那些时光》，其中除收录上面七首诗作外，还增收了《闪电》《高原花腔》《雨》《浮世之影》《还乡的人》《欢乐颂》《梦歌》《醉乡录》《九鱼图》九首长诗。这是姚辉抒情长诗的一次大集结。

鲁迅文学院常务副院长、著名诗人、小说家邱华栋读了《经过我们脸色的那些时光》，掩饰不住内心的喜悦，高度评价姚辉"从地域文化、生命体验、日常生活、想象世界、美的追寻、语言迷宫、神话原型、当代景象之间来回穿梭，不断地回旋，纵横开阖，收放自如，以语言的炼金者、时代的见证者、远古的通神者、大地的漫游者、纵酒的欢歌者这几重角色，给我们带来了非凡的惊喜和审美愉悦，并创造性地成就了他的诗歌世界"。出版方认为："姚辉的长诗高屋建瓴、气势非凡，如同云贵高原的纵横驰骋、风云变幻。这本书的诞生仿佛一个奇迹，因为有太多的情感、力量、思想、预言、隐喻在里面，穷尽了一个人的可能，抵达了文学的极限。"

"赞誉"，自然是对姚辉的当然肯定。但对姚辉来说，这似乎只意味着"某种完成"。因为他这时候业已开始了他"新的诗写工程"。

一

《海龙囤》是姚辉从2018年2月启笔，花了长达两年零五个月时间"精心构建""苦心打磨"的一部抒情长诗巨制。全诗共五卷、四十余个诗章、三百多个诗节、两千余行。这个工程无疑是浩大的。

言其浩大，是因为此诗"非常的"长度和难度。倘若如意大利中世纪的伟大诗人但丁那样依着一个"奇特的梦幻"诗写一万四千余行的史诗《神曲》，或者如英国十九世纪杰出诗人拜伦那样靠着"流行的一个传说"诗写一万六千行的叙事长诗《唐璜》，再或者如当今某些诗人那样仰仗"生活的账本"用"回车键叙事"不断垒高诗的行数，区区两千余行的《海龙囤》的长度根本算不上什么。但我固执地认为，《海龙囤》的长度仍然是"非常的"。这个"非常之处"，正在于它是"抒情的"。两千余行的抒情不是一件容易的事。即便才伟如屈子，写"逸响伟辞，卓绝一世"（鲁迅语）的抒情长诗《离骚》，也便在写完三百七十三句（行）后戛然而止；即便笔巨如艾略特，写下"现代文学里程碑"式的抒情长诗《荒原》，也仅限于八百余行（原诗八百余行，后被庞德删为四百三十三行发表）。何以如此，唯其难也。

抒情长诗不是不能长，而是其长度一直是对诗人严峻到几近苛刻的考验。有研究者认为，应该对抒情长诗做出长度的限制，要警惕因长度而"不断稀释思想浓度，淡化和削弱诗意氛围的"

的"风险"（张德明：《长度·浓度·难度·限度》）。长度即是难度。抒情长诗的"长度"是一把抵在诗人胸口的利刃，写作中二者时时处于角力状态。如果诗人没有强大的内力、韧性和耐心，没用信念的坚贞和充盈的真气护身，没有挑战的勇气和必胜的信心，面对的必然是败北的"危险"。所幸，姚辉凭着自身的"硬度"和"实力"，特别是对"分寸"的准确把握，逼停了这一"利刃"的进攻。如果说《经过我们脸色的那些时光》中姚辉的十六首长诗，"穷尽了一个人的可能，抵达了文学的极限"，那么，我们是否可以说——浩浩两千余行的抒情长诗《海龙囤》完成了对"极限"的突破和对诗人姚辉的加冕？

难度不仅仅限于诗的长度，还在于诗人所选题材的"规定"和"限制"。

姚辉的诗写，面对的是离自己家乡不远、坐落于黔北高原、遵义市西北三十余公里龙岩山上的一处土司城堡遗址——海龙囤。2015年7月，这处遗址被列入《世界文化遗产名录》。当地百姓对这个饱含沧桑的"废墟"早已司空见惯，只把它当成这片土地的一部分。

在中国千万年漫长茫阔的历史时空中，海龙囤是一个特殊的存在：它雄踞中国西南一隅，从选址初建到扩建到毁于兵燹，在一座名为龙岩山的山峦之上耸立了七百二十五年，历经唐、五代十国、宋、元、明朝代更迭。杨氏家族从杨端应朝廷之募平叛南诏入播，到杨应龙因对抗朝廷举兵反明被二十四万大军剿灭，杨氏家族前后二十七代统领播州。海龙囤是一处遗迹，也是一个奇迹。海龙囤的历史旧事早已因《平播全书》的传播，在当地百姓中妇孺皆知。

当地百姓对这一废墟的"司空见惯"和对这一历史的"妇孺皆知"，事实上对诗人的写作构成了"想象"的"规定"和"限制"，必然地成为一种"难度"。当然，姚辉完全可以放弃关于一部抒情长诗写作的初衷，像苏东坡或辛弃疾那样，着眼于历史事件、历史人物、历史陈迹，登高望远，回顾古人业绩，抒发对物换星移、物是人非的悲情，也可以咏叹史实，感慨兴衰，寄托哀思，乃至托古讽今，赋一阕类似《念奴娇·赤壁怀古》或《永遇乐·京口北固亭怀古》的词，或者驾轻就熟写出几首精美的短诗。姚辉也可以沿着艾略特的路径，只是通过"想象的秩序"和"想象的逻辑"完成《荒原》那样的建构，而不去考虑那些意象的选择是否得当。而结果正如我们看到的，姚辉没有做出这样的选择。姚辉毅然决然地选择了"难度"。

这意味着，对姚辉而言，《海龙囤》中每一个意象的选择和确立，每一次想象的发生和完成，都必须小心翼翼。

二

抒情长诗的结构，是诗人在写作中必须面对的重大课题。

诗人翟永明曾说过，"在写作长诗时，整个谋篇布局……非常重要"，"写作长诗，要像写作长篇小说那样去结构"（翟永明：《长诗写作的可能性》）。

诗人温东华在他的《论抒情长诗》一文中曾指出，"写长篇抒情诗，就好像一个人做一座大楼，即使钢材、水泥、沙子、砖块等所有的建筑材料都采购到位，但我们不能把这些材料做成让一根立柱支撑的楼房。诗的内容愈丰富，其构成的材料就更要进行合理分配"，其"结构比较复杂。……结构形式……不是'起承转合'能够解释得了的。用'起承转合'来解释，只能解释我们看到的部分，反过来说，抒情性长诗在看到的部分一定要遵循'起承转合'的定律。至于另外的一部分，那是我们看不到，但可以感受到的深层次结构"。

《海龙囤》全诗由五卷构成。它们是《开卷·暴雨与花》，包含三个诗章，《卷一·苍茫之囤》《卷二·沧桑之囤》《卷三·玄黄之囤》，各包含十二个诗章，最后是《掩卷·花与暴雨》，也是三个诗章。三、十二、十二、十二、三，结构非常规整、平稳。

很显然，卷一至卷三，是长诗的核心。"苍茫""沧桑""玄黄"三个词语，为全诗营造出一种宏大而雄浑的气势。这或许是诗人对海龙囤这座"废墟"在"历史时空"或"历史坐标"中的一种"直接感受"，抑或是诗人结构这部大诗的一种策略。三个词语，三个无形的"大象"均与天地相关，从"空间／时间""时间／空间"和"争战／时空"三个角度着墨，泼洒出一种杳渺、绵邈、悲怆而氤氲的氛围。

已经完成过多部长诗的姚辉自然深知结构的重要。在苍茫、沧桑、玄黄三个"大象"的"笼罩"下，他在长达三卷的诗写之中，对史事、思绪、情感等做着"交代"，更准确地讲，是"布局"和"安排"。

正如我们所期待的：在卷一中，我们可以从"祖先留在石头上的第一个脚印"开始，顺着囤寨选址、设计、奠基、砌筑，建造屋宇、城池、垛口，杨端入播以及死去，囤寨的岁月和"苍老"的"人们"，直至城池中生活、练兵、刑罚、宗教等一应俱全的各种场所，拉出一条时间之线、一步步建立起囤寨的形象。在卷二中，可以从"有些旧了"的"囤寨的影子"，银饰鞍鞯的"阴影"，十五世土司杨文加强和扩建城池，从囤寨上走失的孩子，祭祀祖先，一代代人的步履、念想、安慰与生机，杨氏二十七代子孙杨应龙再次对城池扩建、增建关隘，修建新王宫等，在更具规模的空间里延续上卷的时间指向。在卷三中，同样可以从"悬置在巨大的石头上"的"熟悉的山河"，飞鱼亭与飞鱼服，血与火的战事，明万历二十八年李化龙的"平播"：二月十二日的誓师、四月十七日的兵临囤下、六月六日的囤破，直到杨氏土司的终结，"辨认"出时间和史事的轨迹。

但姚辉的这种"交代"或"安排"，或者有意遮掩于文本背后的"叙事结构"，更像是这部长诗的一个结构底本。因为，我们除了找到"若有似无"的"时间"和"史事"线索之外，更多的是，还看到他诗中的"行踪线索""情感线索"和"思想线索"。这些线索依附于"躲闪腾挪"的"叙事"，并在推进中交错、叠加，形成了错综复杂的"关系"。关系即结构。这一系列关系的建立和相互影响，我以为才是姚辉这部长诗核心部分的"真实结构"。

这种结构，具备一种磅礴的力量。唯有这种力量才能承载长诗巨大的容量、丰富的内涵，支撑起"抒情"持续地推进。这种结构，不是僵死、呆板的框架，而是充满活性的、牵一发而动全身的有机体。但，这种活性也势必为诗人的诗写造成一定程度的阻碍和困难。于是，我们看到，姚辉在长诗的核心部分之外，增加（也可以说"包裹"）了"开卷"和"掩卷"两部分。我们可以把这个"卷"理解成"海龙囤的历史长卷"（"海龙囤"充满希冀与梦想、艰辛与吉祥、风雨与暖阳、酸楚与快乐、苦痛与荣光、杀戮与信仰……的岁月长卷）之卷，也可以将"开卷"看成"序诗"，还可以理解为诗人"打开……的方式"；"掩卷"可以看作"跋诗"，也可以理解为诗人在"完成……的任务"之后因"意犹未尽"而作的"补充"。"开卷"和"掩卷"的出现，无论姚辉是出于哪方面考虑，至少在结构方面，因为"包裹"的作用，使得长诗核心部分的结构显得更加沉稳。

这样认为，自然有我的理由。因为我在这部长诗中找到了稳固全诗结构的另一个"证据"："一匹马……转过……山脊"。四十余个章节无一处不留下它的"踪迹"。一个诗句，一个意象，或者一个剪影，反复闪现，贯穿全诗。

——结果是，这种或为稳固结构而采取的策略（当然也可能是为了别的目的而采取的策略），也成为长诗结构的一部分。

上述的这些"演绎"和"分析"，仅仅是我的臆测。

对待结构，姚辉向来谨慎并注力于鼎新。无论是在他的抒情短诗还是已完成的那些抒情长诗中，我们几乎都能看到姚辉精心营造的"诗的结构的奇观"。而《海龙囤》提供给我们的，无疑是一个规模更为宏大、关系更为复杂的"诗的结构的奇迹"。

三

一如我们在姚辉的短诗中感受到的那样，《海龙囤》给我们带来了"震撼"。所不同的，在这里感受到是一连串的"震撼"。

1

这种震撼，来自这部长诗"丰赡的意象"。

在诗中，有无形的大象，比如上面提到的苍茫、沧桑、玄黄。有有形却不太具体的意象，比如，陌生的山河／熟悉的山河、万山磅礴、鹰翔、旭日、苍山万叠、梦境、杀戮等。有具体到清晰可辨血肉丰满的意象，如银饰鞍鞯、一匹马、花朵、星图、蚁群、砌石头的人、野菊、野葵、枸酱（酒）、赤脚的孩子（从囤寨上走失的孩子）、芦笙、篝火、（铁锤）叮当、飞鱼服、执刃者、醑（祭）、血、死去活来的人、风、雾、暴雨……更有幻化无穷颇具神通的意象，如石头。

这些意象在各自的层级上，或"目极八荒"规定情境，或"笼罩四野"营造意域，或"挺身而出"独撑局面，或"率领一队人马"驰骋千里，浩浩荡荡。

姚辉深谙意象在诗写"空间构成""传导思绪""再度创造"上的"法力"，他或从一个意象演化或派生另一个意象，层层蜕变，辗转相生；或将一些意象按照叙事需要和情感逻辑串联在一起，组成意象链条，以开拓诗的空间的纵深；或把不相关联的一些意象靠情感的黏合力，组织在一起，在一种关系构成中，呈现复杂的情感；或将一个意象投射到另一个意象里，叠映产生新的意象。在意象上的这种"整体性"和"疏密适度"的设置和营造，为《海龙囤》建立起"历史想象""情感起伏""心灵激荡"的"系统性架构"。

我们发现，在姚辉诗写中似乎既遵循着意象派诗人"使用意象呈现出具体、坚定和肯定的画面，通过意象承载和融合情感和思想"的诗学理路，同时也如象征主义诗人那样，尤其注重"意象背后的隐喻暗示和象征意义"，寻找"表现与思想之间的神秘关系"的诗学逻辑。正如我们所看见的，"丰赡的意象"，使"海龙囤"这一消失在历史的尘烟中的"特殊存在"，在姚辉诗的语言的岩石之上得以"复活"和"确立"。

2

这种震撼，同样来自这部长诗"魔性的语言"。

我曾在《姚辉诗歌语言秩序的个体性构建》一文中，探讨过姚辉语言的特征，认为姚辉诗的语言是超越了"日常诗歌的语言""在他密谋和布局的诗的时空里，常常呈现出一个飙车、擦剐、追尾、挤压、碰撞、倾翻后的'语言事故现场'。甚至还能看到现场不知从何处飞来的'语言入侵者'"。这是我在考察姚辉的抒情短诗时的一点心得。那时候我总感觉姚辉在诗写过程中"若有神助"。在读《海龙囤》时，这种感受得到进一步加强。我们可以随手从中拈出一节：

颠簸的肉。骨头。颠簸的山峦。／悬瀑。——你梦见了什么？

赤月照着屋脊与山墙。孩子们／已经哭泣过了　他们还可以／再次哭泣

你梦见了什么？颠簸的星盏。／犬吠。颠簸的风。岩影。你

还可以

梦见什么？

你被涔涔的汗滴淹没。山／又一次觑见了神隐藏的疾痛。囤寨

走过第九种山势　空旷的殿堂中／一盏马灯　在轻声嘶叫

——谁在灯盏深处　缓缓／塞进　你与神／多余的影子？

你梦见了什么？你知道／第一块基石的缄默。金色的缄默

不能被随意藏在风中　你知道／风的缄默　灯与天河的缄默

——颠簸的挚爱。询问。颠簸的／许诺。你抠出　墙缝深处的雨

去后山需要几条道路？／去传承多年的梦境需要几条道路？

你梦见了什么？颠簸的恨。／企盼。颠簸的谷粒。锈蚀的铜锣

深陷于泥泞中。一匹马／转过山脊……颠簸的吟唱。

追缅。颠簸的魂。囤寨上的星空／旧了——你试图／梦见什么？

这是卷一中的第七个章节（考虑到篇幅，排列上做了一些改

变），它与《海龙囤》的所有章节一样，有着一首短诗的独立性和完整性。如果将其抽离出来，加个标题，同样是一首精美的诗作。这里"讲述"的是"一匹马"在崎岖的"追忆"和"行走"中的"梦境"，整个章节都系在"颠簸"和"梦见"这两个词语上，四个小节或者说四个"梦境"："孩子们的哭泣""空旷的殿堂中一盏马灯""第一块基石、风、灯与天河缄默""锈蚀的铜锣深陷于泥泞中"——四个"梦境"，形成四幅写意的画面。如果限于这四个梦境，这个章节也已经很圆满了。但姚辉没有就此停止，他要做的——正如我们看到的：

例一：孩子们已经哭泣过了←→他们还可以再次哭泣

例二：空旷的殿堂中一盏马灯在轻声嘶叫→谁在灯盏深处，缓缓塞进你与神多余的影子？

例三：风的缄默，灯与天河的缄默——颠簸的挚爱。←询问。→颠簸的许诺。←你抠出墙缝深处的雨

例四：颠簸的恨。←企盼。→颠簸的谷粒。←锈蚀的铜锣深陷于泥泞中

制造"语言事故"。不错。正是这个。请注意上面加粗的句子和符号。"←→"代表相互排斥（例一），"→"代表飙车或刮擦（例二，后一句"来历不明"，对前句形成超越之势，但都

对对方形成了遮挡），"←"代表追尾（例三最后一句同样"来历不明"，对前面的句子形成了挤压，例四最后一句亦如是），"← →"代表残缺（例三的"询问"本应是"颠簸的询问"，例四的"企盼"也应是"颠簸的企盼"）。

显然，这就是一个"语言事故"现场。这种情状，可以在《海龙囤》中找到很多。在"现场"，我们看到的只是现场。而现场的背后则是诗人深藏着的"匠心"。

这种"有意为之"的"事故"，"打碎"了"梦境"的"平静"和"平衡"，也同样"打碎"了"日常"诗写的常规，显现出诗人"以'结构'和'解构'双重书写策略，为语言'能指'提供空间指向的多种可能，契合现代性和后现代性体验"的诗学追求。

写诗多年的姚辉，对诗的语言的掌控，可以说已经到了炉火纯青的地步。制造"语言事故"，只是姚辉诗写的基本策略之一。他对汉语言诗性的孜孜"探寻"和不懈"实践"，使他坐拥了属于自己的"语言王国"。在这部长诗中，我们还可以看到诸如象征、隐喻、指代、借代、追问、排比、反复、拟古等传统修辞以及对它们的颠覆（变异）等手段的综合运用，使他的语言呈现出比同时期诗人诗作更高的"纯度"和更为优良的"质地"。

姚辉充满"魔性"的语言，为他创制新的诗的"语言奇观"持续提供着可能。

3

《海龙囤》带来的震撼，还缘于诗人"对词语的深掘"。

这个不复杂，难度却极大。它考验的是诗人的才力、心力、笔力。"三力"的强弱决定着"对词语开掘的深度"。以这部诗中最耀眼的一个词语（意象）——"石头"为例，让我们来看看姚辉的"成果"。

在"开卷"部分，我们找到这样一句："让石头回到石头最初的位置。"

在"卷一"的第三章节，出现了"多种姓氏的石头"。第四章节，"霜""淹没了一些石头／让另一些石头忆起飞翔的往昔""石头／卡住霜的流向　这些被朝代磨砺的石头／刻满了蜂影　风痕　刻满了／石头自己的预言　爱憎——"；到接下来的第五章节，已然是"石头的天下"，八个小的诗节，在以"石头，想起……石头"的秩序里，"月光飘拂的""急雨中的""荆棘抛掷的""从坟茔上滑下的""被黑鸟忘却的""压弯水势的""刻写祖先梦魇的""大雪焐热的""宽袍大袖的""火苗高举的""众神骨殖的""绝望与幸福的""贼寇诵唱的""酒盅搬运的"等，各种各样的"石头"，纷至沓来，铺天盖地。第六章节，"我不想记下石头喊出的种种疼痛　石头／在石头深处痛着　石头／想起牲畜嚼出火花的石头　我／不想让石头简单地回忆""我会守着那块鸟状石头　入梦／然后　让石

头　回到／砌石者衰老的手里／……／将一块石头／悬于灯塔中央"。第八章节，"地阔／天高　杨端将那块姓杨的褐色石头／放置在高原上　石头／挺身　随杨端一起　将偌大风雨／牢牢悬系于腰际""另外的石头　开始／挤上曲折的山道""其他的石头陆续赶到　将囤寨／越撑越高"。第十章节，全是"石头的""述说"。

在"卷二"的第三章节的一场宴饮中，"……石头／拉扯石头。石头辨认石头。石头／扶正石头——囤寨之影　呼呼作响／石头搀稳石头。石头。感恩石头"。在第六章节，"石头梦见了石头　谷物边缘的石头／开出漩涡状的花——石头／梦见了一代代人藏在／花朵深处的步履""石头梦见了多于谷物的种种收成""石头梦见了鸟的梦境""石头，梦见了石头漫溢的梦境"。在第七章节的"篝火之夜"，"——石头　在篝火中／翻覆　石头聆听　石头／见证着火与灰烬覆盖的盟誓"，在第九章节铁锤的"叮当"声中，"明万历二十四年的铁锤／砸在万历二十四年前的石头上"和"万历二十四年以后的各种石头上"——"一些石头翻查出最新的名字""石头学会了追问""石头学会了迟疑"。在第十章节，"千千万万块跌下又站起的石头／……构筑起／囤寨新拟就的种种时辰"，"——石头超越怀念　它们从岁月中、闪出　挺着唐时的筋骨　承接、宋雨元风的砥砺"。在第十二章节，"囤寨入梦　石头撞响石头／石

头　缄默　带走衰老的石头"　"石头／忘记石头"　"石头守候石头。石头／寻找石头。石头　藏进／苍凉的石头"。

　　在"卷三"的第二章节，"石头攥碎石头　石头／投掷石头"　"一块姓杨的石头　狠摔出／大团黑色之火——／遍野石头　便猝然被推进了／一场　空前尖利的风雨"。第三章节，"杀戮　从一块忘记疼痛的石头开始"　"石头已经呻吟过了／而石头／学会了更新更远的呻吟"　"杀戮　从一块值得被杀戮的石头开始？／不！石头中　永远没有这样的／石头！——谁臆造的石头被堆上／石头之巅？杀戮　从哪一块／找不到疼痛的石头开始？"第四章节，"石头抵挡石头　石头伤害石头／石头　被石头的耻辱与仇恨／反复锤击"　"石头成为石头的泪水／石头　成为石头的杂念／石头的痼疾"　"石头　在以石头绝望的方式　出现／石头在石头必将追悔的悲恸中／消失"。第六章节，全部是关于石头的：石头的"背面"和"正面"。第七章节，"石头在谈论什么？／石头蛀蚀石头　石头／又忆起了／石头漫流过多少遍的热血？"　"谁用石头堵住的创口渐渐溃烂？石头／冰凉——这些困乏的石头／还将在血光照彻的冀望中　找到／多少人不敢随意铭记的／恨与蒺藜……"第八章节，"石头露出石头的裂缝　石头／在土粒与骨殖中聚合石头咬伤石头／石头　正远离谁难以扔弃的宿命？"第十二章节，"石头／从石头开始。石头／闪耀——石头／以火和遗忘的方式／铭记……"

在"掩卷"部分，我们还可以找到："——石头比石头逍遥。石头／肃穆。风吹动命运般翻覆的石头／石头活着。石头／让石头汹涌——"

请原谅我对"石头"这个词语（意象）在这部诗中"存在"的"不忍忽略"式的指认。

这些"石头"，是"石头"自身，是有着各种"姓氏"的"砌石的人"，是生于斯长于斯居于斯归于斯的"土著"，是外来的一个家族的"首领"和"族人"，是"祖先"和"子孙"，是"对手"和"敌人"……是"粗粝"和"细腻"的石头，是会"疼痛"和"快乐"的石头，是有"梦想"和"思想"的石头，是"会沉默"和"能说话"的石头，是会"流泪"有"杂念"的石头，是会"受伤"和"流血"的石头，是有"爱恨情仇"的石头……

——诗人为石头"命名"，诗人为石头"开辟道路"，诗人为石头"建造家园"，诗人为石头"找到归宿"——姚辉用"石头"为"石头"缔造了"石头和它的国"。

对一个词语（意象），究竟能"挖掘"多深？这就是姚辉给出的答案。

这种"深度挖掘"，使一个词语（意象）具有了"肉身"和"灵魂"。在这里，石头，同样是"海龙囤"这座废墟，是这座废墟的前身，是"海龙囤"七百二十五年的沧桑和岁月中的每一个日子，是"海龙囤"远去留下的坚硬的影子，也是后人对"海龙囤"的想象和追缅。

一个词语（意象），几乎承载了《海龙囤》的所有使命。我敢断言，倘若把与"石头"这个词语（意象）有关的诗句，从这部长诗中"独立"出来，那它一定也是一部有着足够体量和含量的抒情长诗。

——因此，我认定，这是"隐藏"于《海龙囤》中的另一部长诗文本。它的存在，显然抬高了抒情长诗的语言高度和写作难度，同时也使我不得不对"诗写长了，诗意氛围也会随之淡化和削弱"的论断表示怀疑。张德明认为："抒情长诗不能太短，短了就与'长诗'之名不太相符，也无法具有充分的思想容量和诗意空间。但也不应当过于冗长，否则其思想浓度会不断稀释，诗意氛围也会随之淡化和削弱，同时也会超出读者的阅读耐性。在我看来，为了保证诗性诗意的浓郁丰满、张力效果的恰如其分，抒情长诗的行数应控制在一百至四百行之间为宜。"（张德明：《长度·浓度·难度·限度》）

4

姚辉在自己的诗写中，似乎总能不失时机地"触探"到"深邃"的东西。

姚辉式的在《海龙囤》中"不懈的""大量的""追问"，

为诗人的"触探"不断开掘着"道路"。

　　——有些"追问"，是"即时性"的。是诗人在诗写中与"意象"触碰而生发的"一见灵光"，或者是诗人的一次精神"释放"或"呈现"。如"黑蚁的队列遍布高原。它们从何处来？""一朵野菊／延展了蜂群交错的多少道路？""谁在灯盏深处　缓缓／塞进你与神多余的影子？""父亲在欢笑里躲藏什么？婴孩／抓伤起伏的大地　父亲／在急速消失的翅膀上／看到了什么？""谁　又在闽寨的隐秘里／浇下过　二十年五十年乃至／百年炽烈的心血？""黑衣方士在闽寨最高处默立　他／看到了什么？""龙岩城　你还在芦笙邈远的疼痛里／寄放过什么？遗失过什么？""谁用风化石凿刻威猛的狮子？／明万历二十四年的铁锤　正砸在谁／反复愈合的伤痕上？""大半部《论语》／放在谁卧榻之侧？他在冻僵的狼毫上／蘸几行枯墨般凝滞的劝喻　他／被谁散落一地的佛经及承诺绊了一跤？""谁想在飞龙关与飞虎关上　蓄养／别样的龙虎？""朝天关撑住的天　可以固守／哪一种季候？""一条长蛇蜷曲的惊惧——／蛇芯　嗤然　它在警示什么？／圆月照耀的大地／为什么　也是梦魇／照耀的大地？""圆月／依旧在照耀什么／因于水牢中的姓氏　是否也是／圆月必将照耀的姓氏？""——为什么　有人的地方　人们只能／徒然　空守着大片呼叫的瓦砾？""执刃者忽略着土地的力量　忽略着／善与爱的力量　执刃者还将忽略什么？……流血者属于哪一种时辰？"

——有些"追问"，则是"持续性的"，是诗人在诗写中情感"递进式"迸发和思想的"螺旋式"推升。如关于"一匹马"的："马蹄曾掠过什么？／……马 醒来／它是山河湮灭过的哪一部分？／马的追忆 为什么 常常会重于／一片土地命定的追忆？""山河依旧陌生 马的死亡／并没能够改变什么 马的复活／又能否让这黑土累叠的黄土变成／道路曲折的前景 或往昔？""为这一抔滚沸的土 马／驮起过多少种沉重的人影？""暴雨中闪躲的那匹烈马／驮着谁的忏悔与骄傲？／它的骨头属于昨天还是未来？它如何看待这漫无边际的雨声？／……它会成为哪一种敲响山河的恒久启示录？""旭日低于群山。一匹马／缓缓 转过谁熟悉的山脊？""一匹马离开，它／将怎样 接近我们固守的祝福？""一匹马 缓缓走过／这是我认识的马么？我如何／成为马锈蚀的嘶叫？""一匹马 转过吱嘎的山脊／其他的马 将在槽枥间梦见什么？""一匹马 转过山脊／这是谁的山脊？这是／谁用火把缓缓推远的山脊？""一匹马 转过山脊／它将属于哪一种死亡？""那匹马 又一次缓缓转过山脊／它是囤寨的哪一部分？是燃烧的酒／还是血与怀念？是疼痛？／还是石刻的箴言？"再如，关于"走失的孩子"的："从囤寨上失踪的孩子／将在多少年后归来？""走失多年的孩子／去了何方？你／理清过多少种崎岖的路径？""走失多年的孩子出没在石影间／他 踩痛谁的道路？""走失多年的孩子／将以怎样的方式老去？""走失多年的孩子　重新出现／他熟悉哪条道路的疼痛？""走失多年的孩子　仍在山中／他已经苍老过多少次了？他还将／见证囤寨多少悠远的企望？""走失多年的孩子／代表着怎样的家园？""走失多年的孩子／将停留在／　我们熟悉的哪阵急雨中？／他属于　连接时光的／哪一种道路？"

这样的追问，在《海龙囤》中高频出现，令人深感震撼。

这些追问——是历史之问、时间之问、生命之问、命运之问、人性之问、家园之问、山河之问、天地之问……更是椎心之问、灵魂之问……它不是凌空蹈虚，是站在坚实的"意象"之上的"精神的火焰"和"灵魂的舞蹈"，是"思想的处理器"。正是它，把这部长诗的"精神海拔"一寸寸推高，使这部长诗具备了"大诗"的品质。

四

抒情长诗在中国出现很早，屈原的《离骚》被普遍看作是中国第一部抒情性长诗。"可惜的是屈原开辟的抒情性长诗的道路，后继无人。"（温东华：《论抒情长诗》）

现代意义上的抒情长诗出现在二十世纪初的欧美。有人梳理出一个粗略的抒情长诗作品清单：1912年法国诗人瓦雷里开始创作、1917年发表《年轻的命运女神》，1920年发表《海滨墓园》，1926年发表《水仙辞》；1922年奥地利诗人里尔克完成《杜伊诺哀歌》；1915年初苏联诗人马雅可夫斯基写出《穿裤子的云》；1922年法国诗人佩斯写成他的代表作《远征》（又译作《阿纳巴斯》）；1915年英国诗人艾略特写出《普鲁弗洛克的情歌》，1921年完成《荒原》，1934年开始创作并花九年时间完成了《四个四重奏》；1920年美国诗人庞德发表《休·赛尔温·莫伯利》和《莫伯利》，1925开始，用四年完成《诗章》的写作；1945年希腊诗人埃利蒂斯发表《英雄挽歌》，1959年发表《理所当然》；1945年智利诗人聂鲁达写出《马楚·比楚高峰》；1957年墨西哥诗人帕斯在墨西哥创作出《太阳石》……（参见温东华：《论抒情长诗》）

张德明在《长度·浓度·难度·限度》一文中指出，近百年中国新诗中，抒情长诗也难以胜数。如郭沫若、艾青、冯至、臧克家等，都留下了不少抒情长诗名篇。20世纪80年代以降，特别是新世纪以来，相继出现了不少很有分量的抒情长诗，如雷平阳的《祭父帖》、陈先发的《姚鼐》、沈浩波的《蝴蝶》、伊沙的《蓝灯》、孙文波《长途汽车上的笔记》、安琪的《轮回碑》、王久辛的《香魂金灿灿》、梁平的《重庆书》、欧阳江河的《凤凰》等。他认为，这些抒情长诗的出现，"让我们看到了现代汉语诗性空间不断扩大和敞开的艺术可能"。

——这当然是一个不争的基本的事实。

姚辉从20世纪90年代中期开始的"长诗写作之旅"，正是在这种"现代汉语诗性空间不断扩大和敞开的艺术可能"中的"出发"和"坚持"。《海龙囤》，是截至目前姚辉写作的最长的一部抒情长诗。它的出现，无疑也正处于中国当代一批优秀诗人自觉"走向长诗写作"和进行"长诗诗学建构"这个大的背景之下，因此，自然便有了可供"评估"的意义。

本文的探讨，仅仅是对《海龙囤》初步的、表层的"圈点"。在学理层面，我们至少还可以沿着——"抒情长诗与叙事长诗、史诗如何分界？""抒情长诗与抒情性史诗、思想性长诗有何异同？""抒情长诗的限制与自由""抒情长诗写作难点及局限""历史题材抒情长诗'史—诗—思'是一种怎样的关系？""抒情长诗的叙事策略""抒情长诗的结构策略""抒情长诗的语言策略""抒情长诗与诗人想象力""抒情长诗的可能性"等一系列诗学命题进行深入的探究。

我认为，《海龙囤》因其对"抒情长诗长度的突破""出色的结构设计和营造""叙事、抒情、诗思精妙的平衡""诗的语言的个体性建构"，足以为中国当代抒情长诗的诗学建设提供"结实的依据"，并为"抒情长诗写作"呈现新的可能性图景。

2021年1月20日于半山堂

赵俊涛，贵州省作家协会理事、贵州省书法家协会会员、贵州省诗歌学会常务副会长。著有诗集《在石头间穿行》，散文诗集《阳光的碎片》，文学理论专著《散文诗的艺术》等多种，曾获第二届乌江文学奖、2008中华两岸四地共同文化遗产保护金皮书·十大研究范例奖、改革开放三十年贵州十大影响力诗人提名奖等。现在大学供职。

诗的海龙囤

李飞

诗是情绪的精致表达，故能共情。人是情感的动物，故生活不能无诗。

每一处历史遗存，都应该有一首配得上它的诗。因为这些废墟，都是历史的见证，彰显着神圣的场地的精神。走过遗址，在跨时空的对话中，每个人都会有所思、有所感，敏感的诗人则可调度敏锐的嗅觉、熟稔的技巧将情愫在文字中锤炼、聚合、扩散，引起共鸣并永久传颂，一如东坡在赤壁的吟唱。

海龙囤，就是一处值得被歌之咏之的遗址。

这处矗立在危岩之上的土司城堡，是在13世纪中叶宋蒙战争的背景下创建的，她那时的名字叫"龙岩新城"，是南宋政府与播州杨氏土官共同营建的国家防御工程，以抵御蒙军自大理斡腹东进（故而可称"斡腹山城"）。明万历晚期，土司杨应龙进行了大规模重建，随即成为万历二十八年（1600）爆发的播州之役的主战场。这场被史家称为"万历三大征"之一的战事共持续了114天，约30万人参战，其中攻打海龙囤耗去了48天。农历六月初六早晨，明军登囤，应龙自缢，海龙囤毁于一炬，杨氏700余年世袭统治播州的历史宣告终结。

可考的关于海龙囤的最早的诗出自亲历播州之役的明将王鸣鹤之手，铭刻其诗的残碑至今尚存于飞凤关内，但清道光时即"已残断不可读"（《遵义府志·金石》）。诗文行草，又残缺、磨泐，可辨者有：

□□□□□□基，车轮螳臂只堪□。

□□□□天关折，潮涌人呼地轴□。

万壑海涛皆贼血，千山草木总□□。

等闲一人功全悟，唯有空山叫子规。

万历庚子夏季六月平播先登海龙即事淮阴王鸣鹤书。

前两句写杨氏的不自量力，中间四句写海龙囤之战的盛况，末两句则是自我的慨叹。淮阴（今江苏淮安）人王鸣鹤，字羽卿，时任明军偏桥路参将，攻囤时首登绝垒，风头一时无两。播州之役中的明军主帅李化龙在《平播全书·叙功疏》中评价他说："参将王鸣鹤，业擅戎韬，学综兵要。率淮喷之劲卒，飞渡长江；会楚塞之精骑，首登绝垒。"王鸣鹤在诗后的题记中也自铭"平播先登海龙"。登囤的细节，在其友人林桐的《题王羽卿诗后碑》中有所交代。播州之役中，明军将领常常于行军途中燕然勒功，至今多有遗留，王诗亦属此类，因此勒石的时间应在六月初六明军破囤并驻扎其间的几天内。同样参与播州之役的傅光宅也有海龙囤诗传世，但成诗的时间无确切记载，应不会更早，因此王诗堪称"海龙囤第一诗"，但这首残诗与它功名不显的主人一样，在残垣断壁间静静地沉睡了四百多年。

其后，清人郑珍（1806—1864）曾在道光年间多次登临海龙囤并遗有诗篇。这位被誉为"西南巨儒"的遵义本土学者，在加拿大学者施吉瑞眼中是可与陶渊明、李白、杜甫和苏轼比肩的被严重低估的诗家（《诗人郑珍与中国现代性的崛起》）。他的《过海龙囤》是抒写海龙囤的代表性诗作，诗曰：

囤上风云绕夜郎，异时龙凤此荒唐。

王师八道从天下，镇服千年扫地亡。

蒙业若教思粲价，世州何遽后岑黄。

匆匆立马空留望，断涧荒厓尽夕阳。

诗的着眼点是万历二十八年（1600年）的播州之役，并稍稍涉及杨氏的历史，对南宋晚期作为国家防御工程的"斡腹山城"却只字未提，原因在于清人并不知晓这段过往，学富五车的郑珍亦不能外。"龙岩新城"被揭示，要待到1972年杨文神道碑经考古发掘出土之后。

在郑珍之前，曾在贵州为官的任乔年（正安知州）、赵翼（1727—1814）等均有海龙囤诗行世。另有无名氏在海潮寺前的石碑上刻下诗篇，碑今已佚，但十五首诗歌被收录于《遵义府志·艺文》中，有的径自以囤上遗存为名，如《铁柱关》《飞虎关》《飞龙关》《太平关》《后较场》《后三关》等，反映了囤上"校场坝"等地名悠久的历史。这些诗的立意与郑诗相仿佛，均是对杨氏反明自毁的慨叹。在郑珍之后的民国时期，修葺一新的海潮寺成为凭吊者题诗寄情的场所，壁间至今依稀可见毛笔题写的残诗数首，并有"民国三十一年"（1942）、"民国三十四年"（1945）等落款时间，惜皆不可通读。这隐喻了海龙囤诗歌的命运：与囤的盛名相比，它们缺乏美誉度与传播度，仅被少数人知晓。这不能不说是一种遗憾。

当读到姚辉兄的《海龙囤》长诗时，我开始相信，海龙囤诗歌的历史宿命已然成为历史。这是一首特别的诗，约两千行近两万字，却一气呵成，酣畅淋漓，是目力所及的迄今为止抒写海龙囤最长、最美也最深沉的诗。

初读，我想，那个写诗的人一定喝醉了，才能堆叠出这些非凡的意象：山脊、野菊、黑蚁、有记忆的石头和奔跑的马，它们细碎而反复，混搭却奇峭，而且似乎非如此不可。再读，我相信奔跑的马就是那匹过隙的白驹，与飞逝的光阴有关，而我是危岩之上砌进墙隙的一块姓李的石头，都有灵魂，像幽暗里闪烁的萤火。诗人驱赶的文字，仿佛海龙囤上传说中被赶山鞭驱赶的石头，野牛一般狂奔，瞬间垒砌出一座神秘的城堡。又读，我看见了那些灰色抑或红色的历史的深境，在慨叹自己为何写不出这样的诗句之余开始找回一丝自信（我反复摩挲过自己的酸楚）——因为这些正是我所熟悉的。作为一名考古者，我在这土司的城里经历过几度春去秋来，亲手挖掘过一段尘封的历史。我与姚辉兄一开始是通过网络交流，可惜没有酒。姚辉兄动笔前曾上囤小住，我却正好有事下囤，遗憾错过。彼时，他已查阅大量文献，有了超越前贤的积淀（这些都反映在长诗里了），登囤只为酝酿情绪。那个写诗的人，一定让各种情绪充盈自己的身体到无法忍受的程度，才能让两万余言在十天内喷薄而出，势不可当。基于这些过往，以及作为最早读到这些惊艳的诗句的人，使我有资格在这里写下几句考据性的文字（我也只能写这些）。

从1257年建成到1600年毁弃，在不同的历史时期，海龙囤经历了抗蒙山城，荒弃，到再建为"行署"，以及战时播州唯一的行政与军事中心的变迁；也经历了宋蒙战争时期的国家防御工程，到万历三大征之播州之役中土司对抗朝廷的大本营的身份更迭，以及防御重心从国家防御到地方性防御的转移，其内涵十分丰富。作为羁縻／土司制度的历史遗存，海龙囤蕴含着一定历史时期维护国家统一与文化多样性的积极意义，也见证了土司的反复无常甚或撕裂社会的毁灭性弊端。诗以言志，唯有对抒写对象有全面而深刻的认识，才能表达正确的史观与价值取向。以往的诗家，只了解万历终场时的海龙囤，笔下的这座城堡因而往往带有挽歌般的悲壮色彩甚或负面情绪，这是时代与认识的局限。姚辉兄的长诗，对海龙囤及其背后的杨氏家族的历史进行了较为全面、准确而诗意的描摹，充分展现了诗人的史学涵养与文字驾驭能力，自然，这也是时代之幸。

时间流过，土司昔日的"禁地"成为游人如织的壮丽山河，海龙囤拥有了新的名字——"世界文化遗产"，并迸发出新的力量。此时的"山河需要更美的祝福／河中的鱼／成为稻菽般翠绿的星盏／土地的力量／就是／道路和未来无尽的力量"。这是诗人，以及我们共同的美好祈愿。

也许，我们可以把这首长诗称为"史诗"，就像三千年前的荷马对希腊的抒写。从今往后，我们可以在诗中体认这座神秘的城堡，细细赏玩曾经血腥的战场上开出来的那些美丽的花朵，嗅它们在宁静的山河中散发出的和平的幽香。这是这首诗带给我们的美好。

2021年1月24日，草于梅兰山

李飞，1976年8月生于云南昌宁。毕业于四川大学考古系，博士，现为贵州省博物馆馆长，研究馆员，研究方向为中国西南考古。曾任贵州省文物考古研究所副所长，长期主持海龙囤遗址的考古发掘与研究工作。是贵州省"四个一批人才"，享受省政府特殊津贴。

"我遇见的，正是我们必须面对的"

——读姚辉长诗《海龙囤》

彭澎

　　"良工不示人以璞。"以此话评说姚辉兄的诗歌创作，以为再恰当不过。姚辉的诗歌，素来讲究，语辞与意象，构成与机理，从不容自己有半点马虎，纵是三言两语，一阕半韵，也都做得有模有样、周周正正，粉黛齐整才好阔步入场。文辞是清亮的，语境更是奇绝，让人左右读去，都会有陡峻纵横的鲜活，连同万千劲力，袭面而至，让人好生欢喜。从最初读到姚辉诗歌，便有仰之弥高的感慨，差不多三十年过去，这样的想法依然如故，不曾更改。姚辉是一个把诗歌当作命运来写的人，从不蹈常袭故，行笔多走中锋，单刀直入，特行独立，绝少陈言俗见。他的诗歌里，透出的，都是生命最为结实的部分。读这样的诗歌，心上涌动的，是万般美好，因为文本中透见的，是生命的内核，是人生的厚度。

　　姚辉的诗歌自然不好读，或者说读来并不轻松。没有相应的准备和储存，要真正走进去，说来不易，甚至不太可能。生活中的姚辉是忙碌的，分内工作繁多且庞杂，按说是容不得他有闲暇去读去写，往往我们奇怪的，是这么些年里，他总会忙里偷闲，井喷式写出诸多恂恂朴厚的作品，让人瞠目，让人钦佩。诗歌里的姚辉，回归到安宁典雅境地，清茶一盏，书香左右。他是明白人，该走哪条路，如何去走，一向清醒，一路走着，也一路写着，断不会务广而荒，求博而泛，珍爱着自己的每一个文字。说自己的话，写自己的诗，在他的诗歌世界里面，字辞高古清丽，语境侘寂安闲。诗歌世界少有人相伴，自然也不轻易相随别个，自成一片天地。缓缓走过，仿佛在大荒或者旷野，兀自吟哦，成就一份自我辨识度。别人于此自然也有臧否，七七八八一阵热闹，姚辉宽厚，并不多说，浅笑而过，他心间自有章程。这些年来，声名渐进，姚辉依然不改初衷，就是在《海龙囤》这部体量庞繁的长诗里，他也不曾放弃过原初念想，还是一如既往坚守自我风格，天高地远、云淡风轻。

在这部两千余行的诗里，甫一开启，眼前遭遇的，便是密集的意象，纷落的张力，带领我们，掀开明代贵州最是沉重的一页。如此让人心力疾驰的境地，倚靠层层叠叠的个性语素，雄关环峙、万岭拱护的海龙囤，一点一点，拓展到我们面前，有一种贴实的震撼，仿佛三维空间，次第展开。作为贵州重要地理标志的海龙囤，位于遵义市郊，为全国重点文物保护单位、世界文化遗产。海龙囤建成于南宋宝祐五年，后经历代土司逐年修葺，明万历年间，播州宣慰使、二十九世土司杨应龙再度大兴土木，终成规模。囤上建有九关：铜柱关、铁柱关、飞虎关、飞龙关、朝天关、飞凤关、万安关、二道关、头道关。后杨应龙反明，总督李化龙率军二十四万，历百余日，海龙囤破，杨应龙自缢，史称"平播之役"。

在整个叙述过程中，姚辉多为旁观者视角，以寻常讲述者的口吻，不动声色，娓娓道来。时不时也有在场者的呈现，言语表述多显中性，重叙述，少评判。不疾不徐，疏密有致，在姚辉笔下，展现着一股强劲的个人气场，风范别具一格，透出只属于他自己的滋味。造囤，护囤，守囤，而后囤溃，仿佛每一个过程，仿佛每一个片段，都注入了崭新血脉，让那些鲜血回到故土，让那些灵魂重铸生命。在如斯刀剑和石头写就的历史中间，其缜密而又厚朴的文字下面，姚辉轻轻一推，那片特定时空的浩瀚烟云，便在眼前纷纷扬扬。尽管最后留下的，是满眼的苍茫，一地的沧桑。安然述史，平常勾勒，再现一段历史的风雨如磐，再现一段命运的不同凡响，更多的，则是对过往生命的全新诠释，是用一种生命体验另一种生命，用一种灵魂回应另一种灵魂。

步入《海龙囤》这一宏浩世界，注定不会是一个轻松过程，随一条不宽的通道走入，里面的世界，一点一点宽阔，变幻莫测。文字渐次化有形为无形，化无声为有声，上下回旋，周而复始。慢慢前去，须臾有了新的变化，世界再次叠加，次第融汇。

到得深邃之处，四下里听到的，是视觉和感官上的饕餮盛宴，兵戈相向、刀剑铿锵，画面沉重而激越。再走，烟云弥散开去，眼前清风荡漾，回归到海龙囤原初的世界里，眼前所见，可谓石头"浮世绘"：茂盛的石头，衰老的石头，悲怆的石头，苍凉的石头，忘记疼痛的石头，被一次一次杀戮的石头，注入英雄灵魂的石头，让青史疼痛的石头，死去再活回直到反复死去的石头。读到此处，总是要让人呆在一边，枯坐，直至回过神来，才又重新上路。

骠骑将军杨应龙对朝廷的态度，姚辉没有直说，而是让皇帝赐封的飞鱼服，来昭示一系列的变化，起初是高悬于金丝楠木上，继而被撕扯于地，最后是绑扎在旗杆外，迎迓风风雨雨。是的，刀剑铸成的片刻，就已铸就了自己的命运。久经沙场的杨应龙自然知道，战火一起，自己的命运，一生的是非曲直，也就由不得自己掌控，而是得全部交付历史。所以当他最终用旌旗捧住自己鲜血，将自己留在冒出蛇形火舌的刀刃下时，他的眼睛流淌着的，就不全是仇恨与感恩这一简单的情感，更多的，是对山河故人的万般不舍，对自己一生来来往往的重新评判。最后的片刻，他看到火焰在石头中燃烧，他看到砌石的人，最终也成为石头；他看到二十万种挥动的刀剑，在火焰熄灭的时刻，全都回归大地，直到幻化成层层火焰，无边的火焰，盛放在花影之上，盛放在山重水复之间。

到了此时，叙述是有些沉重。姚辉摒弃了场景的细微描写，借火焰与石头的燃烧过程，重重写下整个战事的波澜壮阔、风云际会。鲜血浸润过的土地上，一时飞花流云，丝丝缕缕，漫过万山之巅，千壑之底。那些裹挟着风云的文字，像是陡然之间，羽翼丰满，随天地的流向，展翅旋舞。节奏、韵律、风范、行笔，仿若率性而成，却是自成路数。是碰撞与坚守，是忧患与精神，是言说与逼问。动词恰到好处的运用，更是平添现场感和参与感。且不管天光明亮与暗淡，只沉浸在自己的天地里。内心藏下的剑谱，只能意会，不能明白说出，良久，把娴熟于心的套路，顺着心念，一招一式，再次演绎一回。剑风所向，风起云涌，长剑在手，功夫诗外，不言，不语。意旨所及，却也通向各自曲折的生死，刀锋所向，疾徐有度。一路承袭，有陈年酱酒的迷香，思接千秋，更有深林古茶的清远。

"那些为山河流泪的人，已经老了，那些为山河流血的人，还站在原处。"姚辉诗歌里面，述史自然成了外衣，他的内里，当是对生命最为深层的剖解与考量，刀锋划过，看得见的、看不到的世界，全都汇聚在一起。此时姚辉的做法，是不藏不掖，不修不饰，让它们素面朝天，自然呈现。有太多的人间喟叹，也有太多的世事炎凉。笔触所及，尽是过往的旧事，和旧事里遗留下来的一滴一滴新鲜血液，却不能不让人想到，他们的前世今生。长剑的锋芒醒着，他还有太多的责任，他得找回那走失多年的孩童，他得喊醒沿途的风刀霜剑。旧人的旅迹，何尝不是今人的伤怀？

姚辉写到这里，他有意藏墨深处，轻轻后退一步，蘸了些透穿大地的血，暗线勾勒，淡墨晕染，一层一层，涂抹开去，让浓处更浓，淡处更淡。播州杨氏土司七百二十五年的历史，留在刀刃的缺口上，写进历史最深处的风云。天上人间，此去经年，何曾不是此天彼地的深深眷恋？烈马驮旧银鞍，山河不远，哭声暗淡了天穹，野火还在旌旗上熊熊燃烧，那些黑蚁，还在四处找寻回家的路，以剑痕刻记的历史，注定在刀剑声里终结。这样的意象，我一次又一次看到，一次又一次揣测，表面上看来，他们像是战争中的一枚棋子、一缕散云，其实他们更像是事实的本核，世界的初心。而那一根一根烙印着火焰的骨头，更愿意他从此远离烽烟，陡立在世道人心面前。经风历雨印山峦，随风远遁，成为光，照亮更远的灯盏。

彭澎，贵州毕节人，中国作家协会会员。著有诗集《你的右手我的左手》《西南以西》，散文集《酒中舍曲》及长篇散文《澜沧江边的百年家族》，评论集《西黔诗话》，长篇小说《家谱第二十四卷》等。

穿越时空的苍凉长歌

——读姚辉的长篇史诗《海龙囤》

姚胜祥

作为多年前在《山花》杂志打过工的曾经的文学工作者，我对著名诗人姚辉不陌生。

作为历史杂志的编辑，我对海龙囤遗址从发掘到入选"2012年度中国十大考古新发现"，再到2015年列入《世界遗产名录》以及海龙囤本身的前尘往事也不陌生。

海龙囤始建于宋代，盛大辉煌于明代。所谓盛极必衰，随即在万历的"平播之役"中倾巢覆灭。作为羁縻土司政策兴衰的实物遗存，海龙囤遗址的史学意义毋庸置疑，更何况其为当今中国乃至亚洲保存最完好的中世纪城堡遗址。

写海龙囤遗址的诗歌，我读到的最早的有清代大儒郑珍的《过海龙囤》：

囤上风云绕夜郎，异时龙凤此荒唐。

王师八道从天下，镇服千年扫地亡。

蒙业若教思粲价，世州何遽后岑黄。

匆匆立马空留望，断涧荒厓尽夕阳。

近年来，随着海龙囤遗址的发掘和火爆，以此为素材的文学创作不可谓不多。在这些林林总总的作品中，不乏佳作。然，让我觉得震撼和须反复咀嚼的，唯独姚辉先生的长篇史诗《海龙囤》。

综观全诗，海龙囤与姚辉似乎有一种冥冥之中的宿命关联。姚辉是遵义市仁怀人，即海龙囤毁灭前的播州府仁怀县。其次是海龙囤遗址的广袤苍茫、今日的沧桑平静和其承载的血与火、爱与恨、荣与辱、剪脐与送葬和着岚岚的炊烟，跟作为生命个体的姚辉给人印象中的平和、宽厚、低调与他人生经历过的苍凉、繁华，内心世界如水的细腻及燃烧的烈火，有着神造一般的吻合，似乎是上帝兴致之下，一个作品的两种物化。或者说，海龙囤下的古播州土地养育了新遵义的姚辉，而"平播之役"后的海龙囤遗址用了四百年的等待，等着一位叫姚辉的诗人来写他诵他咏他，为他奉上近两万音符、两千多行的勒石或一场恢宏盛大的交响乐。

作者在龙岩山顶峰长时间凝视海龙囤，在铜柱关、飞虎关的残垣断墙下一遍遍抚摩那些历经硝烟、蹭磨过无数战马皮毛的石头，在开阔的浸淫过疼痛与鲜血的院坝里无声徘徊，在"新王宫"与"老王宫"长满苔藓的阶沿上久久蹲下，对着一棵树、一朵花默默叩念……这是时空穿越的字字啼血，是长歌当哭的一咏三叹，是对山河和民族命运的痛定思痛，是诗人内心无数次震荡、撕裂、愈合的轨迹符号，是当下独属海龙囤的唯一黄钟大吕。

《海龙囤》以低沉的《开卷　暴雨与花》为序曲，用异常冷峻的黑白影像手法，在"陌生的山河"背景下，大幕徐徐拉开，然后切换特写镜头，祭起一匹配着"纯银鞍鞯"的马，"从土粒中　缓缓浮现／让鞍鞯纯银的暗影重新／铺出血渍不懈回溯的／大地——"开启了关于对那一段历史、那片土地的穿越、抚摩和深思。

《卷一　苍茫之囤》《卷二　沧桑之囤》《卷三　玄黄之囤》是全诗的主体部分，围绕海龙囤历史事件的发生、发展、高潮（结局），洋洋洒洒一千五百余行。分别以杨氏入播、海龙囤的修建、生命繁衍；杨端的起始到蒙元时期再到第二十九代土司大明王朝的杨应龙作为一方霸主和囤下生生不息的百姓的种种际遇，时间前行，风云变幻中的各种沧桑；杨应龙的高光时刻，他的心路、反抗、杀戮，到李化龙的灭囤，刀光剑影处处，血雨腥风漫天等为话题。全诗在"一匹马　转过山脊"的反复出现中奏鸣、变奏、回旋，在土粒、石头、花朵、骨殖、烧酒、暴雨、刀刃的意象中以慢板、中板、快板的方式，或低吟浅唱或引吭高歌，或于无声处或拍打叩问。

最后，作者以《掩卷　花与暴雨》的"而太阳带来了／最新的祈愿　花朵中／囤寨　伫立　谁从初歇的急雨里／找到了　歌哭的最好理由？／山河宁静　灵肉中的山河／就是　土粒与诺言／永远熟悉的山河"结束全诗。

在《海龙囤》中可以看出姚辉对起始于秦汉，兴起于唐代，鼎盛、式微于明代的羁縻土司政策的发展、变化，尤其对唐代杨氏入播征战，到取得播州统治权并历经唐、五代、宋、元、明等五个时代最终覆灭，做了刨根问底的学术梳理。作为历史工作者，对姚辉在史诗创作中严谨的史学态度表示由衷敬佩。

但历史长诗《海龙囤》绝不是对历史的复述，它是以海龙囤遗址为题对千百年来族群和政权、战争与和平的思考，是对人类社会宿命的绝望和无奈，是对人性之美的歌咏、对人性之恶的诅咒，对生命痛彻心扉的悲悯和哀叹。

"巨石可以刻写多少艰难的文字？从杀戮者／嚎叫的身影开始　再到铁打的爱憎／一把长矛吱呀的缄默……巨石／可以忘却多少伤害？从马骨上的血月／到惊世的星盏　再到／河滩上干涸的足迹……而巨石／业已习惯了遗忘　刻写时间的手／腐烂在疾风中　巨石　已经让／泛黑的花影／蜷缩进一代代人／背弃过多次的史册"

上面这样的感叹和隐藏于句读背后的价值判断，我以为是姚辉创作该诗的主旨。从这个意义上来说，历史长诗《海龙囤》不仅仅是诗学文本上的神来之笔，更是作者对羁縻土司政策，以及对整个人类社会的发展有着哲人般的熟知和通透理解的必然，是后现代诗学文本中，类于李商隐《安定城楼》、王安石《桂枝香·金陵怀古》、白居易《长恨歌》、苏东坡《赤壁赋》、贺铸《台城游·水调歌头》的新怀古诗、咏史诗。同为海龙囤下的播州（遵义）人，清代大儒郑珍的《过海龙囤》与诗人姚辉的《海龙囤》相比，似乎只是对表象的简单记录和套路性感慨。

姚胜祥，《文史天地》杂志副主编，贵阳市作协副主席，澳门大学、贵州民族大学客座教授。

努力找寻"真的历史"

——读姚辉长诗《海龙囤》札记

杜永红

过去的确发生过多如牛毛的事情，我们称之为"真的历史"。

过去发生的那些事情，不可能再来一次，仅仅只存在于后来人的讲述之中。这样的讲述被称为"历史"。当某种讲述被人们普遍相信时，我们或可称之为"历史的真"。

毫无疑问，我们今天面对的现实世界，乃是"真的历史"和"历史的真"共同塑造的。同样毫无疑问的是，"历史的真"（对过去的讲述）之所以被人们普遍接受，并不因为它是"真的历史"（过去真实发生的事情），而常常是出于现实的需要。

"真的历史"和"历史的真"，虽然都姓"真"，却又不一样，是不同层面上的"真"。

"真的历史"之"真"，具有客观性。而"历史的真"，主观性十足。

常常有人高喊"恢复历史的本来面目"。我总觉得他们恐怕并非要为客观的"真的历史"两肋插刀，而是主观上另有诉求罢了。

由此不由想到了海龙囤。

海龙囤跻身世界文化遗产，是遵义人的骄傲，但其中可能也包含着一些遵义人的尴尬。

身旁那座矗立在宏大叙事中的红楼，早已被不绝于耳的歌咏无数次地，而且还将继续无数次地托起，而作为世界文化遗产的海龙囤却始终找不到歌哭自己的最好理由。

从唐宋到元明，杨家列祖列宗心向中原，开化一方；杨家子弟兵总是积极响应中央政权的号令，征高丽，荡胡尘，伐叛乱。所作所为无不与今日90后、00后高唱的主旋律合辙押韵。可是到了杨应龙，当次子被拘押重庆府，成为地方官僚实施讹诈、勒索的人质，便举兵造反，竟奏出了一枚断弦破律的不和谐音符。杨家七百多年的道行，就这样一黄金棍全给打没了！

正如诗人所言，"没有一种死亡可以虚构"，1600年的平播无疑是真实的历史事件。同样，"没有一种死亡可以简单回溯"，我们今天讲述的历史，会因为视角不同，只具有相对的真实性。杨应龙的造反，究竟是黄袍加身的异想天开，还是喉咙里呛出的一声绝望呐喊？答案全藏在今天讲述者自己的诉求里。当然无论作何回答，都不容易绕过海龙囤留下的那份说不清道不明的尴尬。

姚辉用诗歌展开了自己的讲述。说句老实话，如今诗坛，浮躁者比比皆是。能沉下心来创作如此鸿篇巨制的长诗的人，堪称凤毛麟角了。若无深切性命的感悟，没人愿意做这种费力不讨好的事儿。

姚辉肯定有自己的诉求、自己的关怀。从诗行中，不难体会到这诉求之殷这关怀之切。可真要坐实它们的时候，却又感觉其深不可测，遥不可及了。诗歌讲述的魅力，恰恰就在这里。

诗成了，诗人也退出了。只有文本和读者在场。

一匹转过山脊的马，一个走失过多年的孩子，是诗中反复出现的两个意象。马真的转过山脊了吗？孩子最终会打破缄默吗？在场的我或许应该把眼前同样在场的文本，当作那马转过山脊后的一声长嘶，那归来的孩子打破缄默的倾诉？

当然还有石头。

那些姓张的姓李的姓赵的姓田的姓吴的姓卢的姓麻的姓罗的"想起绝望和幸福的石头"！

没有一块石头可以被漠视。

没有一块能为杀戮者提供值得杀戮口实的石头。

石头万安！

杜永红，1946年生，贵州遵义人。贵州省作家协会会员，遵义市（现汇川区）作家协会原副主席，曾任某杂志社诗歌编辑多年。

诗以咏史　调起播州

——读姚辉先生《海龙囤》随想

陶仁义

作为一个历史学从业者，跟哲学、文学同人交流之际，常言文史哲是一家。但我也深知，三者之间的旨趣鸿沟依然难以跨越。

哲学一直探寻着人类的终极，世间万物发展规律皆在其解释之下，有着无上的高度。历史纵然是任人打扮的小姑娘，但温情与敬意之下，自成一家之言的研究者仍在致力于无限接近事件的真相，让事件在时空中有了厚度，难以抹去。

文学，这么多年来，个人一直难以对其形成一个让自己觉得通俗易懂的定义。它的表现形式太过于丰富，小说、诗歌、散文、剧本只是其四类主要形式。才华是一切文学创作的内在动力，但才华和灵感一样，可遇不可求。钱锺书先生说："年轻时候总是把创作冲动误以为是创作才华。"我年轻时仅有的一点创作冲动，早就在读了工科又在德国企业工作了近十年后消耗殆尽。在我攻读硕博之际，学术规范的训练更让文学才华与我渐行渐远。孩提时候读金庸小说，沉迷于情节而忘乎所以，不能自拔。如今再读，更多则是敏感于朝代年号与事件是否对应。这一学术思维惯性也延续到了影视剧作品之中，几乎没有再看完过一部完整的电视剧。

才华的可遇不可求，大概只有诗歌才能完整地体现出来。记忆里中学考试作文写作要求"除诗歌外体裁不限"仍历历在目。或是阅卷人早就深知，在接受过系统学术规范训练后，诗歌便再也难以欣赏得了，索性提前予以限制。

言归正传，犹记得在贵州求学之际，参加过一次文会。黔省文联有人士表示，客观承认贵州较之江南、齐鲁地区，实为文化瘠地。后来我在厦门求学之际，福建人因为出了朱熹而称闽地为海滨邹鲁，但王阳明悟道所在的贵州却一直没有相似的美誉。这个问题困扰我颇久。直到我将思维的角度从文化转到历史，这一困惑才得以稍纾，因为贵州并不缺乏历史。

作为历史遗迹的海龙囤。从唐僖宗乾符三年（876）的杨端龙岩山屯兵，到南宋宝祐五年（1257年）的杨文海龙囤始筑，再到万历二十八年（1600年）的囤破杨应龙自缢，725年播州世袭土司制度的终结，也是全国土司地区"改土归流"制度的开始，历史在播州起了个调。

作为一个贵州人，姚辉先生对故土有着深沉的爱，这份深沉在于对《平播全书》的解读，该书作者是平定播州之乱的李化龙。这种官方记载一直以胜利者的姿态控责地方的不安分，但作者却发现了杨应龙起兵反明的家族动机——作为人质儿子的殒命、朝廷对地方民众的赋役苛杂——辗转数月的金丝楠木贡奉。

作为诗歌的海龙囤，我自是没有发言权。就历史事件的解读，我们无非是从时、势、事之中"人"的活动得出"实"。姚辉先生的诗歌中，人的活动绝少提及，更多的是囤堡中的石、马、蚁、花、鸟等物。它们经历了、见证了、记录了数百年间海龙囤这一方之地发生的朝代更迭，家族繁衍。文字的感染力跳出了纸面，让人共情。

这种情绪感染让我一下子对文学的理解豁然开朗。如果说哲学有高度、历史有厚度，那么这部长诗或让我明了，文学有的是热度。热是可以传递的，让冷冰冰的寻常物事热闹起来，让人热血沸腾、热泪盈眶，让历史研究有了温情，更让曾经在贵州生活过的人回忆那里感觉到了温暖。

当我在贵州同学的微信朋友圈中看到2016年3月20日国务院批复同意贵州省撤销遵义县、设立遵义市播州区的报道时，仍是倍感振奋，不知这能否为福建的武夷山市、安徽的黄山市改回历史上崇安、徽州古名提供一些现实助力。如若得成，历史又在播州处起了个古调。

对于作者姚辉先生，我并未有任何接触，网络上的资料检索显示这是一位极富才华的诗人，然而我并未对他的其他任何作品进行检索。非不敬也，实乃忠人对其作品"历史性"解读之嘱也。

姚辉先生的历史长诗《海龙囤》读后，顿悟文史哲是一家，先贤诚不我欺，因此有感而发。

陶仁义，厦门大学历史学博士，南京工业职业技术大学黄炎培职业教育研究院助理研究员。

《海龙囤》：意境高远的长诗力作

何志明

  著名诗人姚辉先生的历史长诗《海龙囤》，意境开阔，感慨深沉。诗人用朴素的语言，融合对于人生的体验与感受，让诗歌的抒情得到较充分的挥发，意象新奇、诡秘；语言清新、优美；叙述沉着、老到；情景交融，虚实结合，新鲜灵动，在简洁和抒情上处理得十分巧妙，实为一首佳作。

  诗歌开卷部分——"暴雨与花"，以马这一意象入手进行具体、生动的描述，同时利用多个富有特征性的动作，塑造了勇猛、坚韧的骏马形象，让读者从中去体会诗人的内心世界，同时提供了无限想象的空间，意味无穷。正是开卷对场景的烘托，为后文对海龙囤与平播之战的描写，做了完美铺垫。

  该诗通过"苍茫之囤""沧桑之囤""玄黄之囤"三卷，对平播之战及海龙囤遗址进行了细致描写，将读者拉回历史长河中去，感受岁月的沧桑变化。海龙囤又名龙岩囤，位于贵州省遵义市汇川区高坪镇玉龙村义龙岩山东。囤居群山之巅，四面陵绝，左右环溪，有一夫当关、万夫莫开之势，仅山后一线可以攀登。

播州杨氏祖先利用地形，在宽约五公里的山顶上围筑土城，月城三重；建楼房、仓库、水牢于其间；囤前设铜柱、铁柱、飞龙、飞凤、朝天、万安等九关，各关之间有护墙相连，随山势绵延十余里，别有一番气象。不仅如此，海龙囤蕴含着悠久的历史文化，是播州杨氏修建的军事屯堡，对杨氏维护在播州的统治具有重要的作用，同时它也是"平播之役"中杨应龙的最后据点，对战争的进程起着关键作用。

作者基于对海龙囤和"平播之役"的深刻理解，通过"苍茫之囤""沧桑之囤""玄黄之囤"三卷，展现了海龙囤的恢宏气势。卷一"苍茫之囤"，诗人从描写景物入手，借助马、石头、黑蚁、老鹰、野菊、野蜂等一系列的景物，勾勒出一幅苍茫的景象，让人深刻体会到其对时光流逝，事物的感慨、不舍，甚至遗憾的情感；卷二、卷三引经据典，涉及《平播全书》以及其他史料，让人充分了解播州之役的来龙去脉，体现了作者深厚的史学功底，使读者在阅读该诗的同时，对此次战争具有了较为清晰的认识。万历十八年（1590）始，杨应龙与明政府的关系逐渐恶化，万历二十四年（1596），杨应龙公开反明，播州之役爆发。战争初期，由于明王朝毫无准备，杨应龙占据优势，但随着明王朝平播力量的增强，战争态势发生了逆转。万历二十八年（1600年），杨应龙最后的据点——海龙囤被明军攻占，杨应龙自杀，播州之役结束。

播州之战是本诗展现的重点。后两卷既写景，也是写事，精彩地渲染了播州之战，特别是两军交战的紧张气氛和危急形势。例如"呻吟的石头""跑疯了的马"更是把明朝军队人马众多，来势凶猛，以及交战双方力量悬殊等等，淋漓尽致地表现出来，分别从听觉和视觉两个方面铺写战场惨烈、肃杀的气氛，如车毂交错、短兵相接的激烈场面，使得播州之役的景象重现读者眼前。不仅如此，本诗还对双方战后的景象做了粗略的而又极富表现力的点染。"褴褛的甲胄""焚烧的山道"以及"带血的旌旗"，都暗示着攻守双方都有大量伤亡。这种黯然凝重的氛围，衬托出战地的悲壮场面。

最后，掩卷"花与暴雨"与开卷前后呼应，点明主旨，深化主题，表达出了诗人愿岁月静好，山河无恙的思想情感。

《海龙囤》意境高远，用语深沉，体现了作者对历史事件的敏锐洞察力和对于文字的高超的驾驭能力。

何志明，四川大学马克思主义学院副教授，历史学博士后，硕士研究生导师；四川省成都市历史学会理事、成都市党史学会理事。

历史高地与诗意的不期而遇

——关于姚辉长诗《海龙囤》的思考

张引力

尼采说："我走在命运为我规定的路上；虽然我并不愿意走在这条路上，但是我除了满腔悲愤地走在这条路上，别无选择。"万历年间的杨应龙走在海龙囤上，走在命运和时代给他规划的这条路上。而四百多年后，诗人姚辉也走在海龙囤上。他在雨中，在夕阳下，看到了一匹马，一堆石头，仿佛汉字中跳脱而出的精灵，幻化为诗歌的花朵。于是他在历史高地上，仿佛与明代那一场惊心动魄的事件有了某种契合：经过多年浸淫的诗艺激情，凛冽而出，雕塑般站到面前。似若一声声无形的命令，责令他为这种苍茫、沧桑、玄黄刻下"青铜般的铭文"……

对姚辉的《海龙囤》，我想谈几点自己的思考——

第一，《海龙囤》长诗中显豁的"位置感"。海德格尔在论述诗歌的"独一性"时反复提到"诗歌的位置感"。姚辉在此长诗中，一是对"历史的位置"有明显的点破；二是对"历史事实"在"诗歌道德"中的位置与其个人的"诗学观照"亦有明确的定位，三是在修辞表达与诗学精神的交互切磋中，也对本诗设定方位：朱雀也罢，玄武也好，都由诗人所赋予的堪舆师指定了天地中的席位。

第二，《海龙囤》长诗中的首尾呼应的自洽特征。正如帕斯对一首好诗的诗学界定一样，好诗是开头呼唤结尾，结尾呼应开头，圆融与内生。姚辉在创作上秉持了传统诗歌的写作特点，且于多年的作品中一以贯之地进行着有效的诗学实践，比如本诗从开始的"暴雨与花"到最后的"花与暴雨"就是明证。

第三，《海龙囤》长诗中的空间经验与时间经验的交互与融合。诗人在时代性写作中，对历史空间的诗学反视与洞彻，对历史事件在诗性正义中如何评价与把握，对历史长河中的片段与诗歌论证如何有效避开"非此即彼，非黑即白"的二元评判，对时间检验与美学经验二者如何进行诗学的再发现等命题，做了一次有益和有深度的探讨和摸索。应该说，姚辉在《海龙囤》中真正做到了一个"时间公民"的良知与操守，保持了诗人独立于世俗之外的"诗人属性"。

第四，《海龙囤》长诗中语言意象的递进式表达模式。姚辉在多年的创作过程中，逐渐形成了鲜明的文字特征和语言递进的风格。正如陈超所说，每一个有创造力的诗人，既不模仿前人的写作方式，而他自己又不被别人所模仿。比如这首长诗中随手可取的"而熟悉的山河／常常也是誓愿的山河／是刀与剑砥砺的山河／——天地玄黄，熟悉的山河／为何总在成为我们不敢用心血去尽心礼赞的山河？"姚辉在短短的几句中，用了层层递进的深入挖掘与累进，从而将灵魂的拷问上升到精神对玄黄之世的盘诘。以上例子，在诗中俯拾皆是，从而构成了不被模仿与难以超越的"独具姚氏风格的抽象思辨印记"。

第五，《海龙囤》长诗中意象的"聚合性"。特朗斯特罗姆曾经说过，诗歌试图在常规语言风格分隔的现实的不同领域之间建立一种突然的联系。姚辉在本诗中，成功地做出时间穿越和时间编织，将杨氏土司一族的兴盛与风雨摇摆的大明江山等时代因素有机地串合与织编，将诗人的生命体悟与精神家园中的情怀，将山与石、花与雾、战争与爱、抽象与具象、追思与认知、情怀与哲思等诸多因素，交互并行而又穿插包融，从而绘就了《二十四诗品》中所涉及的"雄浑、沉着、高古、洗炼、劲健、绮丽、精神、缜密、悲慨、飘逸、旷达"等史诗般的诗学画卷。诗人善于从微小而抽象的细节中见精神，以一块石头简单的外形发掘出其涵括的多种象征意义，由此达到"整体情境"的在场感与诗学语境的二元契合，将现实精神与诗学发现的能力再一次进行了重组和聚合。

辛波斯卡说："我们不必停下来思考每一个词语，……在诗歌语言中，每一个词都被权衡，绝无寻常或正常之物。"我想，在诗人姚辉跋涉在险峻而奇诡的海龙囤上时，他脚下踩着的是

"一览众山小"的群山之顶，而他的胸中，正有万千的情绪与万千的词语——这些不平常与平常之物等待他的检阅与排列、号令。

而我个人读《海龙囤》的感受，可借用艾略特的一句话来表述："因为诗之所以有价值，并不在于感情的伟大与强烈，不是由于这些成分，而在于艺术作用的强烈，也可以说是二者结合所加压力的强烈。"当历史高地与诗学技艺在恰当的时间与恰当的地点不期而遇时，"一首诗出现了"。一首值得反复品读与掩卷沉思的长诗应运而生。此时也许如曼德尔施塔姆所言："我已忘记了我想道出的词。"

2021年3月13日整理于营盘岭下

张引力，男，1968年生，贵州遵义人。《贵州诗歌》编辑部主任。